KB179587

말괄'냥이'
삐삐

디도고감도레알삐 집사의
천방지축 막내 고양이 입양기

글·사진 박단비

야옹서가

목차

디도고감도레알삐 가족을 소개한다냥!

" 길에 살 때 아무리 기다려도 엄마가 안 왔다옹.
무섭고 배도 고파서 사흘 내내 엉엉 울었더니
단비 엄마가 구해줬다옹. 이제 엄마도 생기고
언니 오빠들도 있어서 매일매일 행복하다냥! **"**

삐삐

큰언니 라인

디디

서열 1위 왕언니. 어린 시절부터
같이 자란 도도 언냐에겐 다정해 보임.

도도

귀차니스트처럼 보이지만 의외로
열혈 운동파. 어린 애들한테는 관대해.

구황작물 라인

고구마

이 언니는 엄마 같아. 성격이 인자해서
'구마테레샤'로 불린다고 해.

감자

구마 언니 아들. 길고양이 시절 아팠던
후유증 땜에 자주 아픈가 봐.

도레알 라인

도

크림 삼색 코트가 예쁜
언니. 꼬리가 길고 가늘어서
장난치기 딱 좋음.

레

제일 말 많고 시끄러워서
종종 싸우게 되는 언니.
내가 이기고 싶다!

알감

엄청 미남! 처음엔 연애
감정도 있었지만 이젠
그냥 오빠 동생 사이.

"삐, 삐!" 퇴근길 이어폰을 뚫고 귓속을 파고드는 서글픈 울음
소리가 발목을 잡았다. 온 힘을 다해 울어대는 목소리. 분명 어미를
애타게 찾는 새끼 고양이였다. 늘 갖고 다니던 닭가슴살 간식을 소
리 나는 쪽으로 던져주니, 예상보다 훨씬 작은 고양이가 뛰어나와
먹이를 물고 차 밑으로 숨었다.

'저만한 몸집이면 아직 독립할 때는 아닌데….'

부디 어미가 데려가길 바라며 떨어지지 않는 발걸음을 돌렸지
만, 다음 날 퇴근길에 또 그 고양이를 만나고 말았다. 녀석은 나뒹구
는 스팸 캔에 머리를 집어넣고 허겁지겁 핥고 있었다. "나비야!" 하
고 부르자 경계하는 눈빛으로 땅에 몸을 납작 붙이고 숨으려 애썼
다.

괜찮다고 달래며 닭가슴살을 줬더니 뺏기지 않으려는 듯 발톱

을 한껏 내밀고 게걸스럽게 먹어댔다. 얼마나 굶었는지, 앉은 자리에서 다섯 개나 먹어치우고서야 걸음마를 막 뗀 아기처럼 뒤뚱뒤뚱 서툰 걸음으로 달아났다. 집에 돌아와 잠드는 순간에도 작디작은 고양이의 모습이 내내 머릿속을 맴돌았다.

새끼 고양이와 마주친 지 사흘째, 녀석이 눈에 띄길 바라면서도 한편으로는 안 보였으면 하는 복잡한 감정이 들었다. 하지만 퇴근길 내 눈은 나도 모르게 작은 고양이를 찾고 있었다. 해가 진 어두운 골목을 한참 떠나지 못하고 서성이는데, 목이 쉰 듯 희미한 울음소리가 들려왔다. 어제까지만 해도 우렁찼던 목소리는 기력이 다한 듯 힘없는 소리로 바뀌었다. 가슴이 철렁했다. 귀를 곤두세우고 소리를 따라가니 오토바이 뒤로 조그마한 하얀 발이 보였다.

새끼 고양이는 인기척에 놀란 듯 바퀴 뒤로 얼굴을 숨겼다. 숨는 법을 배운 적도 없었는지, 발을 훤히 내놓고 눈만 가려도 숨었다고 여기는 듯했다. 도망갈 기운도 없이 숨죽인 녀석을 더는 외면할 수 없었다. 손을 뻗으니 반항도 없이 금세 잡혔다. 얼마나 울었는지 목소리도 제대로 나오지 않아 쌕쌕 숨을 토하는 모습은 꺼져가는 작은 불씨 같았다.

처음 구조를 망설인 건 근처에 어미가 있지 않을까 하는 우려 때문이었다. 먹이를 찾으러 잠시 자리를 비운 것일 수도 있었다. 그때 만져서 사람 냄새를 묻히면 경계한 어미가 새끼를 버릴 수도 있다고 들었다. 섣부른 동정심에 생이별을 시킬 순 없었다.

하지만 사흘 내내 고양이는 혼자 서럽게 울고 있었고, 형제자매도 근처에 없는 걸 보면 홀로 남겨진 듯했다. 어미가 오지 않겠구나 확신한 뒤에도 구조를 결심하기까지 수없이 망설였다. 당장 이 고비를 넘기자고 데려온다 해서 끝나는 일이 아니기 때문이다. 입양 절차를 밟기 전에 기본 검진을 해야 하고, 잠복기 전염병이 없는지도 살펴야 했다. 가장 중요한 입양 가족을 찾았다 해도 끝이 아니다. 보내고 나서도 새로운 환경에서 잘 적응하는지 사진을 전해 받으며 지켜봐야 안심할 수 있었다. 만약 끝까지 입양이 안 된다면 내가 품어야 할 수도 있었다.

가장 큰 이유는 우리 집에 다 큰 고양이가 일곱이나 있었기 때문이다. 그중 다섯은 길에서 구조한 아이였다. 더는 구조할 환경이 못 된다고 생각했기에 애써 외면했다. 하지만 어쩌겠나, 이미 내 품에 들어와 버린 걸.

2017년 10월의 끝자락, 새끼 고양이가 그렇게 내게로 왔다.

잠든 새끼 고양이를 안고 집에 들어선 나를 본 엄마는 입을 쩍 벌렸다. 절대 안 된다고 고개를 내젓더니 내일 당장 보호소에 보내라고 으름장을 놓았다. 엄마는 보호소가 말 그대로 '입양 가기 전까지 보호하는 곳'인 줄 알고 그러셨겠지만, 우리나라 동물보호소는 대부분 환경이 매우 열악하다. 특히 면역력이 낮아 질병에 취약한 새끼 고양이들은 보호소에 들어가면 공고 기간 중에 자연사하는 경우가 많아서 절대 보낼 수 없었다.

엄마와 나 사이에 오가는 실랑이를 알아듣기라도 했는지, 새끼 고양이는 나오지도 않는 목소리로 쥐어짜듯 힘겹게 울었다. 그 모습을 본 엄마는 깊은 한숨을 내쉬며 한마디 툭 던졌다.

"와 이래 거지 꼬라지고. 야 혼자뿐이더나?"

처음보다 좀 누그러진 목소리. 그건 임시 보호를 허락한다는 암묵적인 신호이기도 했다.

코앞에 사료를 놓아주자 새끼 고양이는 무아지경에 빠져 먹어 댔다. 그동안 격자 철망을 연결해 격리장을 만들었다. 육안으로 보기에도 곰팡이 피부병이 심했고, 잠복기 전염병도 있을 수 있어서 최소 2주는 격리해야 할 것 같았다. 이불과 방석을 깔고 화장실을 한쪽에 놓아주니 꽤 아늑한 공간이 만들어졌다.

새끼 고양이의 이름을 정하는 건 어렵지 않았다. 처음 만났을 때 "삐-삐-" 울어대던 소리가 귀에 선해서 '삐삐'라 부르기로 했다. 삐삐도 마음에 들었는지 제 이름을 부를 때마다 반응했다.

배를 채운 삐삐를 일단 씻겼다. 스스로 체온 조절을 하기 힘든 새끼 고양이는 목욕보다는 따뜻한 물수건으로 꼼꼼하게 닦아주는 것이 좋지만, 퀴퀴한 냄새가 코를 찔러 도저히 그냥 둘 수 없었다. 놀라지 않게 큰 대야에 물을 가득 채우고 씻기니, 맑았던 물은 금세 시커먼 구정물이 되었다. 추위를 피해 차 속에서 잤는지 기름도 둥둥 떠다녔다. 한참 물을 끼얹고서야 기름 섞인 묵은 때가 씻겨 내려 갔다. 보는 내가 다 개운해지는 기분이었다.

젖은 털을 말리고 격리장에 넣어주니 솜털을 세우고 허공을 향해 "삐-삐-" 울어댔다. 갑작스럽게 변한 환경을 그제야 자각하고 엄마를 찾기 시작한 모양이었다. 삐삐는 애달프게 쥐어짜는 듯한 목소리로 한참 울더니 제풀에 지쳐 잠들었다. 짧은 생애 중에 가장 길고 고단했을 오늘, 부디 깊은 꿈속에서 쉴 수 있길 바랐다.

뜻밖의 입양 제안

주말에 삐삐를 데리고 동물병원에 갔다. 기본적인 검사만 할 뿐인데 왜 그리 긴장되던지. 진료 순서를 기다리는 동안 맞은편에 앉아 계시던 아주머니가 삐삐에게 관심을 보였다. 구조하게 된 사정을 털어놓았더니 대뜸 입양하고 싶다고 하셨다.

처음 보는 분의 갑작스러운 제안에 당황했지만, 삐삐가 우리와 정들기 전에 진짜 가족을 만나는 것도 나쁘지 않을 듯해서 좀 더 이야기를 나눠보았다. 아주머니는 이미 강아지 두 마리와 고양이 세 마리를 키우고 있어서 심심하진 않을 거라며, 자기 집에 오면 딱이라고 하셨다. 하지만 이어지는 아주머니의 말에 고개를 저었다. 삐삐를 외출 고양이로 키우겠다는 거였다.

외출은 고양이에게 자유를 허락하는 것이 아니다. 달리는 자동차에 치이거나 고양이를 싫어하는 사람에게 해코지를 당할 수도 있고, 길고양이의 영역 다툼에 밀려 다칠 수도 있다. 빨리 가족을 찾는 것도 좋겠지만, 무엇보다 중요한 것은 위험 요소가 없는 안정적인 가족을 만나는 일이었다. 삐삐를 좋게 본 아주머니의 마음은 고맙지만, 내가 생각한 입양 조건에 맞지 않으니 어쩔 수 없었다.

정중히 거절했는데도 아주머니는 삐삐에게서 연신 눈을 떼지 못했다. 그도 그럴 것이, 깨끗이 씻겨 놓은 삐삐는 정말 귀여웠다. 깻잎 머리로 앞가르마를 탄 듯한 정수리 무늬, 등에 콩떡처럼 흩뿌려진 점박이 무늬까지 흔치 않은 외모가 눈을 사로잡았다. 아주머니는 삐삐의 입양을 다시 한번 고려해달라며 거듭 부탁했다. 정말 난처했다. 거절에 서툰 내가 진땀을 빼고 있는데 구원의 소리가 들려왔다.

"삐삐, 진료실로 들어오세요."

진료실에 들어서자 원장님이 "아이고⋯. 근래 본 아이들 중 곰팡이 피부병이 가장 심하네요" 하며 혀를 내둘렀다. 완치까지 짧아도 두 달, 길면 석 달은 걸릴 거라고 했다. 곰팡이 피부병은 면역력이 약한 어린 고양이들에게 흔한 병이지만 환부가 워낙 넓어 걱정이었다. 집에 있는 일곱 고양이들, 평소에도 고양이 알레르기로 고생하는 엄마와 남동생의 얼굴이 떠올랐다.

원장님은 곰팡이 피부병이 고양이는 물론 사람에게도 옮길 수 있다며 삐삐를 임보하는 동안 다른 고양이들과 꼭 격리하라고 당부하셨다.

일주일 치 내복약과 소독약, 연고, 약욕 샴푸를 처방받고 돌아오면서 괜스레 삐삐에게 미안해졌다. 아직 어린데 한동안 격리장에서 지내야 한다니…. 혹시 심심할까 봐 아기방에 모빌 달듯 구석구석에 장난감을 매달아주었다. 삐삐는 까치발을 하고 앞발로 장난치다가 장난감을 안고 잠들었다. 다행히 선물이 마음에 들었나 보다.

하지만 얌전히 있던 것도 잠시, 삐삐는 가려운지 피부가 빨갛게 달아오르도록 그루밍을 하고 급기야 제 털을 뭉텅이로 물어뜯기까지 했다. 연고 바른 부위를 귀신같이 찾아내 혀로 연신 핥는 바람에 곁에 바짝 붙어 감시해야만 했다.

이대로 두면 치료가 무의미해질 것 같아 넥 칼라를 찾아보았지만, 기성품은 삐삐에게 터무니없이 커서 어림도 없었다. 발만 동동 구르다 펠트지로 직접 만들면 된다는 SNS 이웃들의 조언을 보았다. 당장 집 근처 문구점에 가서 알록달록한 펠트지를 여러 장 샀다. 삐삐와 가장 잘 어울릴 것 같은 파란색 펠트지를 목둘레에 맞춰 둥글게 잘라 씌워주니 파란 수국 같았다.

펠트지로 만든 넥 칼라를 쓰면서부터 강박적으로 몸을 핥는 행동은 많이 줄었다. 다만 화장실 모래에 발랑 드러누워 햄스터가 모래 샤워를 하듯 이리저리 구르는 습관이 생겼다. 처음에는 깨끗한 모래가 좋아서 그런 줄 알았다. 그런데 자세히 보니 가려움을 해소하기 위한 몸부림이었다. 저 작은 아이가 말도 못 하고 얼마나 고통스러울까.

나 또한 알레르기로 가려움증에 시달리던 터라 그 고통을 잘 알았다. 하지만 잠깐의 가려움을 못 이기고 긁으면 그때부터 몇 배 더 큰 고통이 밀려올 테니 잘 견뎌주길 비는 수밖에 없었다.

얇은 펠트지로 만든 넥 칼라는 사흘쯤 지나면 흐물흐물해져서 새것으로 자주 바꿔주어야 했다. 그때마다 삐삐는 코스모스, 민들레, 장미, 동자꽃 등 다양한 꽃으로 변신했다.

햇볕 샤워

○

곰팡이 피부병 치료는 여러모로 손이 많이 갔다. 그만큼 자주 내 손길을 건너야 하는 삐삐는 못마땅해했다. 검게 묻어 나오는 각질을 하루에 두 번씩 소독할 때면 내 옷에 소변 테러를 하며 불만을 드러냈다. 질색하는 삐삐를 붙잡고 치료하는 내 마음도 편치 않았지만 어쩌겠나, 나으려면 계속해야지. 뿔난 녀석을 어르고 달래며 재빠르게 진균제 연고까지 바르고 나서야 겨우 놓아주었다.

피부병 치료에 도움이 되는 일 중 하나가 일광욕이다. 이때만은 유일하게 격리장을 벗어날 수 있어서 삐삐가 가장 좋아하는 시간이었다. 햇볕이 쨍하니 들 때 삐삐를 창가에 올려주면, 짧은 앞다리를 유리창에 대고 서서 쏟아지는 따뜻한 볕을 고스란히 받았다.

풍선처럼 동그란 배를 쭉 내밀고 햇볕 샤워를 하는 삐삐의 뒤태를 볼 때마다 귀여워서 끌어안고 싶었지만, 자유시간을 방해하고 싶지 않아 꾹 참았다. 창문 밖으로 펼쳐진 또 다른 세상에 푹 빠진 삐삐는 지붕 위를 거니는 길고양이를 볼 때면 눈을 떼지 못했고, 전 깃줄에 앉아 짹짹 울어대는 새 소리에 귀를 쫑긋거리며 정신을 못 차렸다.

하지만 일광욕이 끝나면 곧바로 격리장으로 돌아가야 했다. 넓은 방을 활보하게 해 주면 좋겠지만 곰팡이 피부병 전염을 막으려면 어쩔 수 없었다. 뚱한 표정으로 격리장에 매달린 삐삐의 따가운 눈빛을 뒤로하고 삐삐가 앉았던 창턱을 깨끗하게 소독했다.

피부병은 큰 병은 아니지만 치료 기간이 오래 걸린다. 임보를 시작하며 가장 마음에 걸렸던 점도 그 점이었다. 그 시간만큼 삐삐와 살을 부대끼고 지내야 하는데, 하루하루 깊어가는 정이 무서웠다.

'이러다 정들어 못 보내면 어쩌나.'

근심을 애써 떨쳐내며 피부병이 낫는 즉시 입양 보낼 가족을 찾아주리라 다짐했다.

갓 데리고 왔을 땐 격리장 안에서도 충분히 잘 지내더니, 며칠 새 한 뼘 더 컸다고 삐삐는 틈만 나면 탈출을 시도했다. 격자 철망을 사다리처럼 타고 올라서기도 하고, 막무가내로 철망 틈새에 머리를 들이밀었다. 금방이라도 좁은 틈에 머리가 낄 것 같았다.

악착같이 나오고 싶어 하는 삐삐를 보면 마음이 약해져서 두 눈을 질끈 감고 격리장 문을 열어주곤 했다. 그러면 삐삐는 잽싸게 뛰어나와 거실 곳곳을 누비며 뒤뚱뒤뚱 서툰 몸짓으로 우다다 뛰어다녔다. 한참 성장기인데 좁은 격리장에서만 지내다 보니 제대로 뛰어보지 못해 그런지 자세가 어설펐다. 엉덩이를 씰룩이며 토끼처럼 깡충깡충 뛰는 삐삐를 지켜보던 엄마가 곁에 서서 <산토끼> 동요를 불렀다.

"산토끼 토끼야, 어디를 가느냐~" 노래에 박자를 맞추듯 뒷다리에 힘을 실어 힘껏 뛰어오르는 삐삐의 모습은 누가 봐도 토끼 같아서, 엄마와 나는 동시에 웃음을 터뜨렸다.

삐삐는 사냥놀이를 할 때도 깡충 도움닫기를 한다. 작은 몸에 비해 유난히 귀가 큰 생김새 또한 토끼 같은 인상에 한몫했다. 할머니가 손주를 "우리 강아지" 하고 부르듯, 엄마는 삐삐를 "아이고, 우리 토깽이" 하고 불렀다. 그렇게 삐삐에겐 생애 첫 별명이 생겼다.

오랜만에 가족과 함께 거실에 둘러앉아 군밤을 먹었다. 고소한 냄새에 삐삐가 반응을 보이며 격리장 틈으로 코를 내밀고 벌름거렸다. "먹고 싶니?" 하고 물었더니 당연한 걸 왜 묻냐는 듯 신경질적으로 "야옹, 야옹" 하고 대답해왔다.

줄 듯 말 듯 장난스럽게 군밤을 내밀었더니, 냅다 입에 물고 구석으로 줄행랑쳤다. 눈 깜짝할 사이 벌어진 일이었다. 너무 빨라서 순간이동 초능력을 쓴 줄 알았다. 군밤이 입맛에 맞는지 웅냥냥 소리까지 내며 제 주먹만 한 것을 반이나 먹어치웠다.

식탐 많은 삐삐는 군밤뿐 아니라 빵, 족발, 순대, 육포, 고구마, 식혜 등 사람 먹는 음식이라면 가리는 것 없이 달려들었다. 길고양이 시절 굶고 다닌 기억이 영향을 미치는 모양이었다.

길고양이가 처음 입양되면 배불뚝이가 될 때까지 밥을 먹는 일이 많다고 한다. 언제 다시 배불리 먹을 수 있을지 모르니 일단 먹고 보는 것이다. 삐삐도 아마 먹을 것을 볼 때마다 지금 먹어두지 않으면 계속 굶을지도 모른다는 불안감을 느꼈던 모양이다.

격리장 신세를 벗어났을 때는 밥상에 올라와 접시에 놓인 달걀 프라이를 물고 간 적도 수없이 많았다. 그때마다 젓가락을 내던지고 뒤를 쫓았지만 이미 늦은 후였다. 몇 초도 안 되는 짧은 순간 내가 좋아하는 노른자만 단숨에 쏙 빼 먹은 바람에, 흰자만 쓸쓸히 바닥에 나뒹구는 장면을 보고만 있어야 했다. '아, 얄미워' 하고 생각하며 이를 바득바득 가는 나를 아랑곳하지 않고 삐삐는 쌩하니 줄행랑쳤다.

말괄'냥이' 삐삐

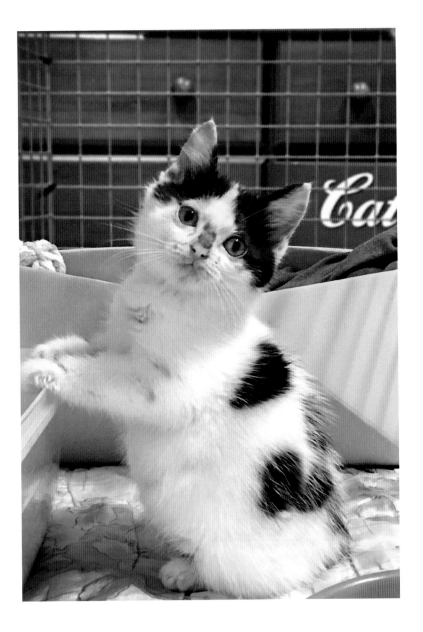

볼
록
배
의
비
밀

　어느 각도에서 봐도 볼록 솟은 삐삐의 배는 볼 때마다 웃음이
나왔다. '시도 때도 없이 먹어대니 저렇게 배가 나오지' 생각하며
"배뚱띠"라고 놀렸다. 하지만 그 속에 무시무시한 것들이 자리 잡
고 있을 줄이야.

　피부병 재진 차 병원에 갔다가 검사검사 구충제를 발랐는데, 다
음 날 삐삐의 변에서 기생충이 쏟아졌다. 조그만 항문에서도 지렁이
를 닮은 괴생물체가 꼬물거렸다. 벌레가 제일 무서웠던 나는 소름
이 돋아 발만 동동 굴렸다. 삐삐도 느낌이 거북한지 우렁차게 울어
댔다. 나도 따라 울고 싶었지만 꾹 참고 수습했다. 한바탕 소란이 끝
난 후엔 일곱 고양이와 온 가족이 구충제를 복용해야 했다. 기생충
박멸 후 삐삐 배는 쏙 들어갔다. 귀여운 볼록 배를 못 보는 건 아쉽지
만, 그 속에 있던 나쁜 녀석들이 없어져서 얼마나 다행인지.

목욕도 잘해요

○

　고양이는 그루밍으로 털을 정돈하기 때문에 목욕을 자주 할 필요가 없지만, 삐삐는 곰팡이 피부병이 심해 일주일에 두 번은 병원에서 처방받은 약욕 샴푸로 목욕했다. 곰팡이 피부염을 비롯해 지루성 피부염, 세균성 피부염 등등 피부 질환에 도움을 주는 성분이라고 했다.

　잦은 목욕으로 스트레스를 받진 않을까 걱정이 됐지만, 다행히 삐삐는 물속에만 들어가면 순한 양이 되었다. 목부터 꼬리까지 약욕 샴푸를 문질러 5분간 마사지할 때면 몸부림 한번 없이 내 손길을 받아주었다. 물에 비치는 제 얼굴이 신기한지 물장구를 치기도 하고, 거품기가 있는 물을 혀로 날름 맛보기도 했다. 맛없다며 고개를 털길래 입가에 묻은 거품을 닦아줬다.

　삐삐는 목욕을 치료가 아니라 물놀이쯤으로 받아들이는 듯했다. 물 무서운 줄 모르는 영락없는 새끼 고양이였다. 큰 고양이들 목욕은 엄마와 힘을 합쳐도 여간 힘든 게 아닌데, 덕분에 삐삐 목욕은 혼자서도 거뜬히 가능했다. 깨끗하게 헹구어 수건으로 감싸니 물에 푹 젖은 생쥐 꼴이 되어 오들오들 떨고 있었다.

수월하게 목욕을 마치면 털 말리기 씨름이 이어졌다. 삐삐처럼 어린 고양이는 체온 조절을 잘 못 해서, 젖은 털을 신속하게 말려주어야 한다. 하지만 소음에 예민한 탓에 헤어드라이어를 쓰는 건 엄두도 낼 수가 없었다.

감기라도 걸리면 어쩌나 애타는 내 마음을 아는지 모르는지 삐삐는 수건 속에서 쏙 빠져나가 따뜻한 전기장판이 깔린 이불로 파고들었다. 물놀이에 지친 삐삐는 몸을 감싸는 온기에 노곤히 쏟아지는 잠을 이겨내지 못하고 금세 곯아떨어졌다.

삐삐 사진을 인스타그램에 올리면 품종을 묻는 댓글이 꾸준히 달렸다. 먼치킨 아니냐는 둥, 브리티시 숏헤어나 아메리칸 컬 같다는 둥⋯. 삐삐의 성장을 줄곧 지켜본 나는 코숏('코리안 숏헤어'의 줄임말)이라 확신했지만, 화면 너머로만 지켜보는 사람들에겐 다르게 보이기도 하나 보다.

하지만 삐삐가 자라면서 그런 말은 쏙 들어갔다. 젖살이 빠지고 빵빵했던 배에 가려졌던 긴 다리가 드러나니 딱 우리네 코숏 모습으로 자리 잡았기 때문이다. 2등신 몸매에 짧은 다리, 달덩이 같은 얼굴은 새끼 고양이의 태를 벗지 못해 그런 거였고, 가끔 아메리칸 컬처럼 보였던 건 귓속에 낀 때를 닦으려 귀 끝을 자주 잡으면서 생긴 일시적 현상이었다. 아직도 삐삐가 무슨 종인지 묻는다면 '예쁜종, 귀엽종, 사랑스럽종'이라 말하겠다.

삐삐와 같은 방에서 지내면서 손과 발에 상처가 사라질 날이 없었다. 나를 거대한 사냥감으로 생각하는지 눈을 희번덕거리며 주시하다가, 조금이라도 움직이면 엉덩이를 꿍실꿍실 흔들며 달려들어 인정사정없이 물어뜯었다.

사냥놀이에 심취한 삐삐는 나를 한시도 가만히 두질 않았다. 그나마 깨어 있을 땐 이불을 뒤집어쓰거나 장난감으로 시선을 유도해서 방어하지만, 문제는 잠들었을 때다. 새벽마다 내 코, 입, 귀를 가리지 않고 깨무는 통에 도무지 잠을 잘 수 없었다. 잠결에 얼마나 얼굴을 찌푸리고 잤는지 아침에 일어나면 미간에 깊은 주름이 팰 정도였다.

하루는 평소와 달리 너무 조용해서 실눈을 떠 보니, 삐삐가 어둠 속에서 가만히 내려다보고 있었다. 귀여운 삐삐지만 그 순간만큼은 공포영화 주인공 같았다. 공격 자세를 취하기 전에 얼른 몸을 돌려 피하려고 했지만, 삐삐는 어림없다는 듯 내 입술을 물어뜯었다.

물어뜯겨 피를 보면서도 '아직 어리니 뭘 몰라 그렇겠지' '이갈이 시기라 그렇겠지' '나는 보살이다' '이 또한 지나가리라' 하고 되뇌며 삐삐의 이갈이 시기가 하루빨리 지나가길 바랐다. 그러나 깨무는 버릇도 차차 나아지겠지 하는 희망은 헛된 바람이었다.

어린 고양이는 엄마와 함께 지내며 사회화 과정을 거친다. 엄마나 형제자매들과 사냥놀이를 하면서 아프지 않게 무는 법을 배우는 것이다. 그러나 가족과 일찍 헤어진 삐삐는 미처 사회화를 학습할 기회가 없었다. 그런 삐삐를 생각하면 귀여우면서도 안쓰럽다.

삐삐는 다 큰 지금도 아기 때처럼 무는 습관을 버리지 못하고 내 손만 보면 반사적으로 입을 쩍 벌린다. 마치 악어 모양 러시안룰렛 장난감 같다. 어떤 게 벌칙 버튼인지 모르는 채로, 버튼을 누르면 금방 악어 입이 닫히고 손을 물릴 것만 같은 긴장감. 귀여운 고양이의 몸짓 속에 이렇게 살벌한 입질이 숨어 있다니….

맛에 비유한다면 삐삐는 매운맛이다. 오래전 종영한 드라마 《드림하이》의 주인공 송삼동(김수현 분)이 고혜미(수지 분)에게 던진 "농약 같은 가시나"라는 대사처럼, 삐삐는 내게 "마라탕 같은 가시나"다. 화끈하게 물릴 걸 알면서도 중독된 것처럼 손을 내밀게 되니 말이다.

삐삐의 곰팡이 피부병이 좀 나아져서 처음으로 큰 고양이들이 있는 방에 잠깐 데리고 갔다. 가장 큰 방은 일곱 고양이가 지내는 방인데 캣타워, 정수기, 스크래처, 숨숨집 등 고양이 물건들로 가득했다. 낯설지만 신기한지 삐삐는 여기저기 누비며 탐색하기 바빴다. 높은 캣타워를 오르락내리락하고, 스크래처를 벅벅 긁기도 하고, 물이 퐁퐁 솟아오르는 정수기에서 물장난을 치기도 했다.

나를 뽈뽈 따라다니는 삐삐를 지켜보던 큰 아이들이 점차 주변을 둘러싸며 거리를 좁혀 왔다. 격리장 없이 직접 대면시키는 건 처음이라 긴장이 됐다. 한데 삐삐는 자기보다 대여섯 배는 덩치가 큰 언니 오빠들에 둘러싸여도 전혀 움츠러들지 않았다.

용기를 낸 레가 제일 먼저 앞발로 조심스럽게 삐삐를 툭 건드렸다. 삐삐는 콧방귀를 끼듯 그 발을 찰싹 쳐내고, 한 뼘 뒤에서 지켜보던 도의 꼬리를 향해 달려들었다. 그때 알았다. 얘는 보통내기가 아닐 거라고. 큰 아이들은 얼음이 되어 삐삐를 관찰했다. 마치 '뭐 저런 게 다 있지?' 하고 놀란 듯했다.

한바탕 신나게 뛰어논 삐삐를 안아 들고 다시 작은 방으로 돌아왔다. 격리장과 작은 방이 세상의 전부인 줄 알고 살다가, 훨씬 크고 재미난 세상을 알아버린 삐삐는 시도 때도 없이 큰 고양이들이 있는 방에 가겠다며 닫힌 문을 긁어대고 서럽게 목 놓아 울었다.

그날은 못 잤던 잠을 몰아서 자고 있었다. 평소와 달리 삐삐도 조용해서 오래간만에 깊은 잠에 빠졌는데, 이상하게도 바지가 축축하게 젖어가는 듯 찝찝한 느낌이 들었다. 삐삐가 오줌이라도 쌌나 싶어 비몽사몽 일어나 상황을 살피니 천장에서 물이 뚝뚝 떨어지고 있었다. 엊그제 윗집에서 리모델링을 한다더니 문제가 생긴 듯했다. 삐삐도 놀랐는지 토끼 눈을 하고 평소답지 않게 내 옆에 꼭 붙어 있었다.

이미 물로 흥건해진 방에 그대로 있을 수가 없어서 삐삐를 데리고 큰 고양이들이 지내는 방으로 대피시켰다. 언니 오빠들 있는 방으로 가고 싶다고 그렇게 울어대더니 하늘이 삐삐 마음을 알아줬나 보다.

큰방 입성에 성공한 삐삐는 온몸으로 기쁨을 표현했다. 방 한가운데 배를 보이고 드러누워 뒹구는 모습은 이 세상에서 제일 행복한 고양이처럼 보였다. "삐삐야 좋아?" 하고 물으니 망설임도 없이 "야옹, 야옹" 울며 대답해왔다.

군기 반장인 첫째 디디는 작은 고양이의 등장이 언짢은지 알짱거리는 삐삐를 입으로 콕콕 쪼아댔다. 무서울 만도 한데 삐삐는 움츠러들지 않고 하품까지 하는 여유를 보였다. 예기치 못한 누수로 계획에도 없던 합사가 이뤄지면서 막내 삐삐의 눈부신 활약이 시작됐다.

삐삐가 언니 오빠들과 함께 지내게 되면서 고양이 방은 시끌벅
적 우당탕, 한시도 조용한 날이 없었다. 아깽이는 잠이 많다던데 삐
삐를 보면 꼭 그렇지만도 않은 것 같았다. 대체 언제 자는 건지 걱정
될 만큼 잠자는 시간보다 노는 시간이 더 많았다. 특히 새벽에는 우
다다를 멈추지 않았다.

혹여나 층간소음을 못 견딘 1층 집주인 아주머니가 올라오면
어떡하나 가슴을 졸이며 삐삐를 말렸다. 하지만 오히려 보란 듯이
자고 있던 큰 아이들을 깨워 같이 우다다를 하는 게 아닌가. 일곱 마
리 고양이가 힘을 다 합쳐도 삐삐 하나를 못 잡았다.

덕분에 여덟 고양이는 새벽의 질주를 멈추지 않았고 나까지 잠
을 설쳤다. 일곱 고양이 중 유일하게 아깽이 시절을 함께 보낸 첫째
디디와 둘째 도도도 이렇게까지 우다다가 심하진 않았는데, 삐삐

는 역시 남달랐다. 큰 아이들이 질려서 가지고 놀지 않는 장난감을 꺼내 흔들어주면 물 만난 물고기처럼 팔딱거리고 날아다녔다.

얼마나 장난감을 흔들었을까. 팔이 뻐근해 올 때쯤이면 삐삐도 혀를 내밀고 개구호흡을 했다. 그 와중에도 장난감을 잡겠다며 날뛰는 통에 더 놀지 못하도록 숨겨야만 했다. 거기서 조금만 더 흔들어줬다면 숨이 넘어갔을 지도 모른다.

다른 일곱 고양이와 살 때는 집주인 아주머니가 한 마리만 키우냐고 물어올 정도로 조용했는데 새끼 고양이 한 마리가 끼어 있으니 집안 분위기가 달라졌다. 이리 뛰고 저리 뛰는 '아깽이 파워' 덕분에 큰 고양이들도 회춘한 듯 활기를 찾았다.

첫째 고양이 디디가 삐삐만 할 때는, 시도 때도 없이 제 꼬리를 잡으려 용을 썼다. 고양이에 대해 상식이 부족했던 때라 혹시 어디 아픈 건 아닌가 싶어, 인터넷 고양이 커뮤니티에 접속해 비슷한 사례가 있는지 검색했다. 어린 고양이들이 자기 꼬리라는 걸 인지하지 못해서 흔히 하는 '꼬리잡기 놀이'라고 했다. 아픈 게 아니니 전혀 걱정할 필요 없다는 말에 안심했다.

디디는 성묘가 되기 직전까지 꼬리잡기를 즐겨 했고 한 살에 접어들면서 꼬리가 제 몸의 일부란 걸 깨달았다. 꼬리를 잡으려 뱅글뱅글 도는 모습이 나름대로 쏠쏠한 구경거리였는데, 그때부터 볼 수 없는 모습이 되어버려 못내 아쉬웠다.

이제 삐삐가 왔으니 그 재미난 모습을 다시 볼 수 있지 않을까 내심 기대했다. 하지만 유난히 뭉툭하고 짧은 꼬리 때문인지, 삐삐

는 제 꼬리에 크게 흥미를 보이지 않았다. 다만 큰 고양이들의 꼬리에는 뜨거운 반응을 보였다. 아직 어린 삐삐에게 언니 오빠들의 꼬리는 살아 움직이는 장난감이었다.

일곱 개의 고양이 꼬리 중 삐삐가 가장 열광했던 건 가늘고 길게 뻗은 도의 꼬리였다. 조그마한 솜방망이로 꼬리를 꼭 끌어안고 뒷발로 팡팡 치면, 도는 꼬리를 바닥에 탁탁 내려쳤다. 분명히 그만두라는 신호였지만 철딱서니 없는 삐삐는 알 리 없었다. 오히려 분노에 찬 꼬리의 움직임에 맞춰 날뛰기 시작하는 게 아닌가. 도는 뜻하지 않게 삐삐를 자극한 꼴이 되고 말았다.

임보의 숨은 뜻

곰팡이 피부병에 시달리던 삐삐의 피부가 눈에 띄게 아물어갔다. 가족을 찾아주려면 슬슬 입양 홍보를 시작해야 하는데 왜 이리 마음이 무거운 걸까. 거의 다 나아서 이젠 잘 보이지도 않는 피부병의 흔적을 꾸역꾸역 찾아내며 자꾸만 삐삐와의 헤어짐을 미루려 했다.

심란한 내 마음을 아는지 모르는지 삐삐는 큰 아이들과 스스럼없이 잘 어울려 지냈다. 마치 여기가 제 집이고 큰 고양이들이 제 가족인 걸로 여기는 듯했다. 다 나으면 곧바로 입양 보내라고 하셨던 엄마도 그 모습을 보며 쉬 말을 꺼내지 못했다.

나도, 엄마도, 남동생도 언젠가부터 삐삐의 입양에 대해서는 암묵적으로 입을 다물었다. 그 침묵이 무엇을 뜻하는지는 말하지 않아도 너무나 잘 알았다. 이제 와서 입양을 보내기엔 너무 정이

들었고, 가족이 되자니 여덟 마리 고양이를 책임지기엔 내가 너무 부족한 것 같아 고민스러웠다. 내 삶에서 가장 큰 난관 앞에 선 기분이었다.

삐삐의 거취를 쉽사리 결정하지 못하던 어느 날, 출근 준비를 마치고 신발을 신고 있었다. 분주한 소리가 나면 고양이들이 나와 배웅을 해 주는데, 큰 아이들 사이에 조그마한 삐삐가 끼어 나를 빤히 보고 있었다. 그 모습이 꼭 "나도 이 집 가족이야" 하고 말하는 것 같았다. 갈팡질팡했던 마음은 그때 갈피를 잡았다.

"엄마, 삐삐 막내로 입양하자."

비록 많이 부족한 집사지만, 나의 부족함을 채워 줄 엄마 같은 구마가 있고, 친언니 같은 도와 레가 있고, 친오빠 같은 감자와 알감이가 있고, 삐삐가 많이 따르는 디디와 도도가 있지 않은가. 삐삐도 이런 결말을 원했으리라. 아니, 어쩌면 삐삐는 처음 왔을 때부터 이미 우리를 가족이라 생각했을지도 모른다.

임보는 '임시 보호'의 준말이 아니라 '임종까지 보호'의 준말이라는 우스갯소리가 있다. 임보하며 쌓이는 정이 그만큼 깊기 때문일 것이다. 두 달이라는 임시 보호의 마침표를 찍고 임종까지 보호하기로 한 삐삐. 처음 만났을 때부터 우리 사이엔 보이지 않는 인연의 붉은 실이 이어져 있었던 것 같다.

합사의 달인

여덟 마리 고양이가 가족이 되기까지 여러 차례 합사를 거쳤다. 디디와 도도의 첫 합사, 구마와 감자가 오면서 2:2 성묘 합사, 도와 레와 알감이가 오면서 4:3 성묘 합사, 마지막으로 일곱 고양이들과 삐삐의 7:1 합사까지. 고양이는 영역 동물이기 때문에 기존에 있던 아이들과 새로 온 아이들 모두를 위해 단계별로 합사를 해야 했고 성묘 합사인 만큼 더욱 신중히 준비했다.

우선 얼굴이 보이지 않게 완벽히 격리한 후 후각으로만 서로의 존재를 알려주었다. 예민한 디디는 냄새만으로도 하악질을 했다. 나는 양쪽 방을 수시로 오갔고, 낯선 냄새에 대한 거부감이 줄어들 때쯤 서로의 체취가 밴 물건을 맞바꾸어 주었다. 그렇게 일주일간 반복한 후 열린 문틈 사이로 서로가 존재한다는 걸 눈으로 인식시키며 본격적으로 격리 망을 설치하고 차차 대면하게 했다.

제 영역을 침범당했다고 느낀 디디와 도도는 이 상황을 무척 못마땅해했고 나는 두 아이를 좀 더 챙기며 사랑 표현을 자주 했다. 물론 사랑을 담은 백 마디 말보다 간식 하나가 더 효과가 좋았지만.

디디와 도도의 하악질이 점차 줄어들기 시작하자 격리 망을 사이에 두고 마주 보며 간식을 먹게끔 해서 좋은 인상을 심어주었다. 그 외에도 서로의 방을 맞바꾸어 탐색하게 하고, 격리 망 해제 횟수를 늘려 자연스럽게 만나게 했다.

돌이켜보면 성묘 합사를 통해 가족이 된 구마, 감자, 도, 레, 알감이는 똑똑하게도 디디와 도도가 이 집의 첫째 고양이라는 걸 아는 듯했다. 길에서 지낸 시절이 다른 아이들보다 길었고 동네 서열로 따지면 항상 상위권에 손꼽혔던 구마도 디디, 도도에게만큼은 절대 맞서지 않고 많은 걸 양보했다. 마음만 먹으면 이길 힘이 있지만 단 한 번도 심술부리지 않는 게 기특했다. 나머지 아이들도 그런 구마를 보고 배우며 똑같이 행동했다. 중재자 역할을 해 주는 구마가 있었기에 고양이들 간의 큰 싸움 없이 안정적인 관계를 유지할 수 있었다.

앞선 여러 차례의 성묘 합사 경험 덕에 삐삐와의 합사는 식은 죽 먹기였다. 자연스럽게 큰 아이들과 어울리는 삐삐를 마지막으로, 마침내 여덟 아이들은 한 가족이 되었다. 이 정도면 합사의 달인, 아니 달묘들이라고 할 수 있지 않을까? 가장 잦은 합사를 경험하며 힘들었을 텐데도 묵묵히 견뎌준 첫째 디디에게 가장 고맙다.

디디   도도

나의 첫 반려묘는 디디와 도도다. 고양이와 함께 사는 건 처음이었기에 어디서 어떻게 데려와야 할지도 몰랐다. 이리저리 검색해 보다가 가정 분양이라면 믿고 데려올 수 있을 것 같았다. 그렇게 디디를 먼저, 다음엔 도도를 데리고 왔다.

하지만 몇 달 후 알게 된 진실은 충격이었다. 디디와 도도의 분양자는 정체를 숨긴 교배업자였다. 어쩐지 아이들이 성장하는 모습을 찍어 소식을 전해줘도 답변이 없어 무심하다고 생각했는데, 알고 보니 가정에서 여러 마리 성묘를 무분별하게 교배시켜 다달이 분양 글을 올리고 있었다. 새끼를 무작위로 빼내 젖도 채 떼지 않을 무렵 분양시키는 펫숍과 다를 것이 없었다.

고양이에 대해 무지하던 시절, 현명하지 못한 방법으로 두 아이를 데리고 왔지만 디디와 도도를 만난 걸 후회하지 않는다. 둘을 통해 더 넓은 세상을 알게 되었고 지금까지 수많은 고양이를 만나고 있으니까. 디디와 도도가 아니었으면 나는 지금도 좁은 세상에 갇혀 살고 있었을 것이다.

고양이를 만나기 전, 나는 원인 모를 두통과 불안에 시달리며 힘겨운 나날을 보내고 있었다. 이유도 알 수 없고 낫지도 않는 고통은 중학생이 되던 해, 아빠가 오랜 투병 끝에 돌아가신 뒤부터 시작됐다. 당신이 오래 살지 못할 것을 예감한 아빠는 입버릇처럼 "우리 딸 시집가는 건 보고 죽어야지" 하셨는데, 그 말이 무색하게도 너무 일찍 하늘나라로 가 버리셨다.

죽음을 받아들이기에 너무 어렸던 난, 중환자실에서 기계에 의존해 숨만 겨우 붙어 있는 아빠를 제대로 보지도 못했다. 축 늘어진 아빠 손을 붙잡고 그저 이 순간이 꿈이길 기도했다. 오랜 기간 누워 지냈던 아빠의 손은 항상 고왔지만, 마지막에 본 손은 수많은 약물을 주입한 탓에 퉁퉁 부은 모습이었다. 난 끝끝내 아빠의 눈 감은 얼굴을 마주 보지 못했고, 기억 속 아빠의 마지막 모습은 금방이라도 터질 듯 퉁퉁 부은 낯선 손의 이미지로만 남았다.

그때부터 두통과 불안 증세가 생겼다. 약에 의존해야 간신히 하루를 버틸 수 있었다. 한데 신기하게도 디디, 도도와 함께 지내면서 십 년 가까이 먹던 약을 거짓말처럼 단 몇 달 만에 끊었다. 어떻게 이럴 수가 있을까.

나를 항상 걱정하던 엄마도 믿을 수 없어 하셨다. 그만큼 고양이는 내게 만병통치약 같고 기적 같은 존재였다.

변한 건 나뿐만이 아니었다. 아빠가 돌아가신 후 삭막했던 집안 분위기도 화기애애해졌고, 가족들과 거실에 모여 있는 시간이 많아지면서 대화와 웃음이 끊이질 않았다. 우리 집에서 디디와 도도는 복덩어리 그 자체다. 둘을 가족으로 맞이하면서 무엇과도 맞바꿀 수 없는 행복과 건강을 얻었으니까.

내 인생은 두 아이와 함께하기 전과 후로 나뉜다고 해도 과언이 아니다. 처음이 되어주어 고마운 두 고양이. 처음이란 누구에게나 특별하겠지만, 내게도 두 아이는 가장 반짝이는 특별한 존재다.

구마

감자

디디와 도도가 첫 반려묘라면, 첫 구조묘는 고구마(애칭 구마)와 감자였다. 2015년 겨울, 평소 다니던 길 대신 조금 더 돌아서 집으로 향하는 길이었다. 왜 굳이 돌아갔는지 모르겠지만 이상하게 그 길로 누군가가 이끄는 것 같았다. 날 이끈 건 고양이였나 보다. 카랑카랑한 목소리로 차 밑에서 툭 뛰어나온 길고양이 한 마리. 그게 구마였다.

길고양이라면 사람을 경계하기 마련이지만 처음 본 구마는 배를 드러내며 데굴데굴 굴렀다. 그때의 나는 길고양이를 함부로 만질 수 없는 존재로 여겼기에 주춤했다. 딱히 줄 것도 없어서 빈손으로 돌아섰다. 다음 날, 출근 준비를 하면서 디디와 도도에게 다녀오겠다고 인사하는데 문득 어제 본 고양이가 떠올랐다.

간식 캔을 챙겨 어제 만났던 곳으로 가 보니 구마는 여전히 그

곳에 있었다. 곁에는 작은 고양이도 함께 있었다. 아들인 감자였다. 우리의 인연은 이렇게 시작되었다.

원래는 이름도 없이 "나비야" 하고 불렀는데, 어느 날 구마가 예천 고구마 상자에 몸담은 모습을 보고 고구마라 이름 지었다. 고구마 하면 자연스럽게 떠오르는 게 감자니까 둘은 고구마와 감자, 그렇게 '구황작물 모자'가 되었다.

모성애가 강한 구마는 독립할 시기가 한참 지난 감자를 보듬고 서로 의지하며 지냈다. 둘은 길고양이답지 않게 유난히 애교가 많아 동네에서 유명인사 대접을 받았다. 이웃들이 돌아가며 챙겨 주신 덕분에 비교적 유복한 생활을 누릴 수 있었다.

하지만 길에서 살기란 녹록지 않았다. 감자가 치사율이 높은 범백혈구 감소증(일명 '범백')에 감염되어 한동안 눈물이 마를 새 없었다. 다행히 완치 후 방사되었지만 설사를 달고 살았고, 영역 싸움 탓에 상처가 끊이질 않았다. 한겨울이 되자 엎친 데 덮친 격으로 둘 다 지독한 칼리시, 허피스 바이러스에 감염되는 바람에 결국 구조하게 되었다. 녀석들을 돌보는 손길은 많았지만 위태롭게 길에서 살아가는 구마와 감자를 더는 두고 볼 수 없었다.

첫 번째 구조

○

구조된 두 고양이는 며칠 동안 입원 치료를 받고 한동안 내 근무지에서 보호하며 입양처를 알아보았다. 구마와 감자 둘 다 만성 호흡기 질환이 있는 데다, 동반 입양되기를 바라는 내 욕심이 커서인지 가족을 찾기가 쉽지 않았다. 정 없으면 따로라도 입양처를 알아볼까 했지만 도저히 둘을 생이별시킬 수 없었다. 시간은 점점 흐르는데 입양 문의조차 없으니 매일이 걱정이었다.

하루는 잠이 들기 전 길에서 자유롭게 지내던 구마, 감자의 영상과 사진을 쭉 훑어보는데 이상하게 눈물이 흘러나왔다. 내가 부르면 멀리서도 강아지처럼 달려오던 구마와 감자. 얼마나 나를 믿으면 저렇게 반길까.

새삼 우리가 함께 보낸 시간의 무게가 너무도 무겁다는 걸 느꼈다. 그 순간 이 아이들이 없으면 안 되겠다는 생각이 들었다.

혼자 결정할 수 있는 일이 아니었기에 두 아이를 입양하겠다고 엄마에게 허락을 구했다. 하지만 돌아오는 답은 예상했듯 "안 돼"였다. 엄마도 나와 함께 길고양이 밥을 주러 다니며 매일같이 만났던 둘을 많이 아꼈고 정도 들었지만, 현실적으로 생각하면 잘 키울 자신이 없다며 반대하셨다.

하지만 이미 마음을 먹었기 때문에 온갖 방법을 동원해서 엄마를 비롯해 남동생까지 설득에 나섰다. 한동안 집안일을 나서서 하기도 하고, 엄마 기분을 최대한 맞춰드리고 외식을 자주 하면서 구마와 감자의 입양 계획에 대해 늘어놓기도 했다. 엄마는 그런 내게 "정말 못 말리겠다"며 그만하라 하셨다.

마지막으로 선택한 방법은 단식 투쟁이었다. 어린아이의 투정 같아 보였겠지만 나는 진지하게 단식 투쟁에 임했다. 한번 마음먹으면 지독하리만큼 결심을 꺾지 않는 딸이란 걸 알기에, 결국 엄마는 입양을 허락하셨다. 돌이켜 생각해보면 참 철없는 행동이었다 싶지만 그렇게 해서라도 두 아이를 데리고 와야만 했다.

임시 보호처에서 두 달을 지낸 구마와 감자는 마침내 우리 집으로 오게 되었다. 일찍 용기를 냈다면 가능했던 일인데 왜 이리 마음먹기 쉽지 않았던 걸까. 드디어 모든 것이 제자리를 찾은 듯했다. 꽤 오랜 시간 떨어져 있었음에도 구마와 감자는 나를 잊지 않고 몸을 비비며 오랜만이라는 듯 살갑게 인사를 해 왔다. 나와 함께한 2년의 길고양이 생활을 접고 비로소 가족이 된 것이다.

도
레
미
가
족

우리 동네 교회 공부방 건물 한쪽에는 4년 넘게 운영 중인 작은 길고양이 급식소가 있다. 초창기부터 급식소를 꾸준히 찾아오는 길고양이 깜이가 당시 출산을 했고, 제 몸 하나 건사하기 힘들어 보이는 몰골로 새끼들을 아낌없이 돌보았다. 그렇게 강한 모성애를 보이며 애지중지하다가도 깜이는 새끼들의 독립 시기가 되면 칼같이 쳐냈다. 대개 어미들은 새끼에게 영역을 물려주고 떠난다던데 깜이도 새끼들을 급식소에 남겨놓고 옆 동네로 영역을 옮겼다. 남겨진 새끼 고양이 세 마리는 계이름을 따서 가장 첫째로 보이는 아이를 도, 그다음을 레, 막내로 보이는 아이를 미라고 불렀다.

갑작스러운 어미의 부재에 한동안 낯설어하던 세 아이는 내가 챙겨 주는 사료와 물로 하루하루 버티며 지냈다. 셋이 의지하며 잘 지내주길 바랐지만, 불길한 예감은 틀린 법이 없었다. 비가 억수같이 쏟아지던 날, 막내 미를 시작으로 도와 레가 차례대로 홀연히 사라졌다. 곧 돌아오리라 믿었지만, 시간이 흐를수록 속이 타들어 갔다.

일주일 정도 흘렀을까. 목이 다 쉬고 앙상하게 마른 도가 근처 차 밑에서 바들바들 떨고 있었고, 연이어 다음 날 똑같은 몰골로 레가 나타났다. 하수구 냄새를 뒤집어쓰고 불안한 듯 떠는 모습이 누군가에게 쫓긴 듯했다. 당시 유기견 세 마리가 동네를 누비고 다녔는데 그 개들을 피해 꼭꼭 숨지 않았을까 짐작된다. 경계심이 많고 일정 거리를 늘 유지하던 두 아이는 어느새 내 다리 사이에 몸을 부대끼고 앉아 사료와 캔을 허겁지겁 삼키며 허기를 달랬다. 그 일을 계기로 도와 레는 마음의 문을 열고 급식소의 마스코트가 되었다. 미는 끝끝내 돌아오지 않았지만, 부디 좋은 가족을 만났길 바랄 뿐이다.

알감

두
번
째
엄
마

여름 막바지, 며칠 동안 비가 멈추질 않았다. 비를 피해 차 밑에 몸을 숨기고 있던 도와 레의 곁으로 낯선 고양이 한 마리가 걸걸한 울음소리를 내며 다가왔다. 얼마나 울고 다녔는지 목소리가 형편없었고 군데군데 다리털이 벗겨져 빨간 속살이 드러난 상처를 달고 있었다. 서럽게 우는 아이가 딱해서 사료를 한 그릇 건네주자 희한한 소리를 내며 맛있게 먹어댔다. 밥그릇을 비우고 나서도 자리를 떠나지 못하던 고양이는 도와 레의 뒤를 졸졸 쫓아다녔다. 마치 자기도 같이 놀자는 듯이. 다행히 도와 레는 텃세를 부리지 않고 그 고양이에게 자리 한 켠을 내어주었다. 감자와 닮은 외모에 동글동글한 알감자가 떠올라 알감이라고 이름 지었다.

세 아이는 '도레알'이라는 애칭으로 이 동네를 누비고 다녔다. 쿵짝이 잘 맞는 셋은 한 몸이라도 되는 듯 항상 붙어 다녔다. 알감이

말괄'냥이' 삐삐   79

는 늦게 합류했지만, 또래라서 그런지 도, 레와 한 배에서 나온 가족처럼 거리낌 없이 어울렸다. 마치 미의 빈자리를 채워주는 듯했다.

그렇게 셋이 뭉쳐 다니다 보니 눈에 띄기 마련이라, 고양이를 싫어하는 사람 눈엔 곱게 보일 리가 없었다. 급식소 테러가 번번이 일어났고 세 아이에게로 화살이 쏟아졌다. 도, 레, 알감이를 두고 집으로 올 때마다 발이 떨어지지 않을 만큼 불안했다. 사람을 경계할 줄 알았지만 만일 해코지를 당하면 어쩌나, 입에 담기도 싫지만 학대당하면 어쩌나 하는 무서운 생각이 꼬리를 물었다.

그러던 중 도가 어느 주택에 갇히는 사고가 일어났다. 하필이면 자정이 되어서야 알았고 현관문도 굳게 닫혀 있어 아무것도 할 수 없었다. 아침까지 꼬박 기다리는 수밖에 없었는데 상황을 알 리 없는 도는 놀란 마음에 새벽까지 울어댔고, 그게 화근이 되어 사람들의 날 선 비난이 쏟아졌다. 한번 시작된 손가락질은 멈추질 않았고, 심지어 발길질로 위협하는 장면까지 목격하면서 세 아이를 구조하기로 결심했다. 자매로 태어나 줄곧 함께였던 도와 레, 둘과 많은 나날을 함께 한 알감이 모두 같은 집으로 동반 입양을 가길 바라며 가족을 찾았지만 쉽지 않았다. 둘도 함께 입양 보내기 어려운데 셋이 가능할 리 없었다.

문제는 그뿐만이 아니었다. 세 녀석이 상상을 초월하는 말썽꾸러기에 사고뭉치라는 걸 임시 보호자에게서 전해 듣게 되었다. 커튼을 타고 오르락내리락 스파이더맨 놀이를 하는가 하면, 가구를 가만히 두지 않고, 종이란 종이는 보이는 족족 뜯고, 하루에 몇 번이나 소변 테러를 한다고 했다. 그런 모습도 이해하고 보듬어 줄 가족이 분명 있긴 하겠지만 찾을 자신이 없었다. 한 번의 선택으로 이 아이들의 묘생이 결정될 텐데, 감당하기 버거운 아이들을 입양 보냈다가 천덕꾸러기가 되거나, 파양이라는 상처를 안겨 줄까 봐 겁이 났다. 아무리 생각을 해도 이 아이들은 내가 아니면 안 될 것만 같았다. 같이 걱정하던 엄마도 오죽했으면 임보처에 있는 아이들을 다시 데리고 오자고 했을까. 그 말은 우리가 녀석들을 책임지자는 말이었고, 구마와 감자 입양을 고민할 때보다 더 빠르고 확고하게 도레알의 입양을 결정했다.

결국 4개월 동안 임시 보호처에서 지낸 도, 레, 알감이는 먼 길을 돌고 돌아 마지막 종착지인 우리 집으로 왔다. 알감이는 조금 늦게 만났지만, 도와 레는 깜이가 배 속에 품고 있을 때부터 매일같이 챙겨왔던 아이들이다. 그때부터 우리는 이미 가족이 될 운명이었을지도 모른다. 그러니 첫 번째 엄마는 깜이지만, 내가 두 번째 엄마 정도의 자격은 되지 않을까?

삐삐와 큰 아이들의 합사를 갓 시작할 때 가장 걱정했던 고양이는 다름 아닌 도였다. 다른 아이들보다 예민하고 겁이 많아 새 가족인 삐삐를 받아들이기까지 시간이 필요할 줄 알았는데 이게 웬걸. 제일 먼저 받아준 것도, 제일 먼저 친해진 것도 모두 도였다.

삐삐도 그런 도를 편안하게 여기며 친언니처럼 따르고 시도 때도 없이 장난을 걸었다. 새끼 고양이라 눈에 뵈는 것 없이 과하게 굴곤 했는데, 그때마다 도는 화 한 번 내지 않고 받아주었다. 기세등등해진 삐삐는 '이 언니 만만하군!' 싶었는지 우쭐거렸다.

도가 사람이었다면 아마 눈 밑에 시커먼 다크 서클이 내려앉았을 거다. 삐삐에겐 도가 제일 만만한 고양이지만, 또 그만큼 잘 따르고 항상 곁에 붙어 있는 걸 보면 가장 좋아하는 고양이도 도가 아닐까.

실세를 아는 삐삐

삐삐는 새끼 고양이라 아무것도 모를 줄 알았는데 제법 눈치가 빨랐다. '막내 라인'인 도, 레, 알감이에겐 정도를 모르고 까불었지만, 서열 1위인 디디에게만큼은 선을 지켰다. '큰언니 라인'을 타고 싶었던 삐삐는 디디와 눈만 마주쳐도 배를 보이며 애교를 부렸지만 디디는 쉽게 마음을 주지 않았다. 오히려 삐삐를 굴러들어온 돌로 여기며 싫은 기색을 드러냈다.

그렇다고 여기서 쉽게 포기할 박삐삐가 아니다. 하루는 침대에서 꾸벅꾸벅 졸고 있는 디디 곁으로 찰싹 붙어 앉았다. 살을 부대끼는 걸 싫어하는 디디는 잠이 달아나 눈을 동그랗게 뜨고 심기 불편한 표정으로 하악질을 했다. 그래도 떨어지지 않자 삐삐의 조그마한 머리를 네다섯 번 깨물었다. 나도 디디에게 물려봐서 알지만 저 강도면 꽤 아파서 눈물이 찔끔 났을 법한데, 삐삐는 실눈을 뜨고 자는 척했다. 다른 아이들이었음 일찌감치 도망갔을 텐데 역시 별난 녀석이었다.

쫓아내려는 시도가 통하지 않자 먼저 포기한 디디가 다시 눈을 붙였고, 자는 척을 하던 삐삐도 곧이어 살포시 디디의 품에 기대 잠들었다. 분홍색 커플 조끼를 입고 있으니 실제와는 달리 사이가 좋아 보였다.

그 후로도 디디에게 호되게 혼나면서 진정한 실세가 누군지 깨달은 삐삐는 디디에게만큼은 고분고분하고 순한 고양이가 되었다. 지금도 디디 앞에만 서면 깨갱 하고 몸을 움츠리니 말이다. 다묘 가정에서는 이렇게 질서를 잡아주는 왕언니가 하나쯤 있어야 평화가 찾아오는 법이다.

감기 대잔치

고양이가 여덟 마리다 보니 다묘 가정의 어려움을 궁금해하는 분들이 많다. 일단, 한 아이가 아프면 나머지 아이들도 덩달아 아프기 시작하는 게 가장 힘들다. 구마와 감자가 길에서 지내던 마지막 겨울, 지독한 칼리시 바이러스에 감염되어 크게 아팠던 적이 있다. 한번 바이러스에 감염된 고양이는 보균자가 되어, 언제 재발할지 모르는 만성 상부 호흡기 증후군 질환을 평생 주의하며 살아야 한다.

구마와 감자도 일교차가 커지거나 겨울만 되면 맥을 못 추고 자주 골골거렸다. 그렇게 구마와 감자를 시작으로 우리 집 아이들에게 감기 비상사태가 발발하면서 빨간 불이 켜졌다. 일찍부터 꾸준히 예방 접종을 한 디디, 도도, 삐삐는 가볍게 앓고 지나갔지만, 나머지는 꽤 고약한 감기에 걸려 한동안 환자 신세였다. 결국 고양이 여덟 마리를 붙잡고 강제 급여, 네블라이저 호흡기 치료, 안약, 내복약 먹이기를 반복하며 병원을 들락날락해야 했다.

어떻게 시간이 흘렀는지도 모른 채 전쟁 같은 한 주를 보내니 아이들이 점차 기운을 차리기 시작했다. 한고비 넘겼다는 안도감에 그제야 숨통이 트였고, 긴장이 풀리는 순간 나까지 감기몸살에 걸리고 말았다.

삐삐와 함께한 첫 겨울에 온 가족이 감기 대잔치를 겪고 나서, 엄마와 나는 다가오는 겨울마다 만반의 준비를 한다. 그중 하나가 아침마다 고양이들에게 '엄마표 특식 밥상'을 갖다 바치는 것이다. 습식에 면역력을 높이는 영양제를 뿌려 따뜻하게 데운 닭가슴살을 토핑하면 엄마표 밥상이 된다.

아침 댓바람부터 일어나 하루도 빠짐없이 특식을 준비하는 엄마의 정성에 보답하듯, 고양이들은 이듬해 겨울에는 크게 아프지 않고 무사히 지나갔다. 아프지 않는 게 가장 큰 효도이니 부디 건강해 주길 바랄 뿐이다.

우리 집에는 검은 비닐봉지를 대용량으로 늘 구비해 둔다. 표준
어로는 봉지지만, 경상도 사투리인 '봉다리'로 부르는 게 더 익숙한
우리 집에서는 그냥 봉다리로 부르고 있다. 이 봉지는 여덟 고양이
의 배설물을 담아 버리는 용도로 쓰인다.

한데 어느 날부터 삐삐가 비닐봉지에 관심을 보이기 시작했다.
화장실 청소를 위해 잠시 바닥에 내려놓으면 어느새 물고 뛰어다
녔다. 못 건드리게 일찌감치 비닐봉지에 배설물을 한 움큼 넣어 묵
직하게 만들어 놓았지만, 오히려 속이 꽉 찬 비닐봉지를 물어뜯어
내용물이 다 쏟아지는 바람에 일거리가 두 배로 늘어났다.

그 후로도 화장실 청소를 할 때마다 삐삐의 방해가 계속되자,
나중에는 아예 새 비닐봉지를 묶어 던져주었다. 부스럭거리는 소
리가 좋은지 삐삐는 그거 하나면 한 시간을 거뜬히 혼자 놀았다.

그런데 문제는 비닐봉지를 한번 물면 쉽게 놓지 않는 거였다. 절대 뺏기지 않겠다며 하악질을 하는 건 물론이고, 날카로운 발톱을 내밀어 손등을 할퀴기까지 했다. 뺏으려고 쫓아가면 나 잡아 보라는 듯 얄밉게 요리조리 잘도 도망갔다.

겨우 잡아서 손을 뻗으면 비닐봉지를 야무지게 물고 흡사 개가 내는 것 같은 으르렁 소리를 내며 경계했다. 왕년에 <으르렁>이란 노래로 가요계를 강타한 인기 아이돌 그룹에 견줘도 손색이 없을 정도였다.

너덜너덜해진 비닐봉지 조각을 씹어 삼킬까 봐 걱정하는 내 마음도 모르고 성질을 내는 삐삐에게 서운했지만, 삐삐 입장에선 좋아하는 비닐봉지를 빼앗으려고 하니 화날 만도 하겠구나 하고 이해하고 말았다. 그래도 그 성질머리 좀 죽여, 삐삐야!

말괄냥이, 삐삐

처음 만났을 때 "삐-삐-" 하고 애처롭게 우는 소리가 귀에 박혀 이름을 삐삐라고 지었지만, 돌이켜 생각해보니 아차 싶었다. 운명은 이름을 따라간다더니, 정말로 말괄량이 삐삐가 되어버릴 줄이야. 이럴 줄 알았으면 좀 더 고민하고 신중하게 이름을 지었을 텐데 말이다.

꽤 오래전에 방영됐지만 워낙 유명해서 나도 기억하는 해외 드라마 《말괄량이 삐삐》가 있다. 그 시절 텔레비전과 책 속에서 주근깨 말괄량이 소녀 삐삐를 만났다면, 우리 집에는 말괄량이와 냥이를 합친 '말괄냥이' 고양이 삐삐가 있다. 자유분방함, 천방지축, 천진난만함을 갖춘 미워할 수 없는 사고뭉치.

마치 추억 속의 그 갈래머리 소녀가 텔레비전에서 나와 고양이가 된 게 아닌가 싶을 정도로 삐삐는 말괄량이 삐삐를 쏙 빼닮았다. 칠락팔락 온 집 안을 헤집고 다니는 생기발랄한 새끼 고양이를 보며 《말괄량이 삐삐》 주제가를 흥얼거린다.

"삐삐를 부르는 환한 목소리 / 삐삐를 부르는 상냥한 소리

삐삐를 부르는 다정한 소리 / 삐삐를 부르는 산울림 소리

들쑥날쑥 오르락내리락 / 요리조리 팔딱팔딱

산장을 뒤흔드는 개구쟁이들

귀여운 말괄량이 삐삐 / 귀여운 말괄량이 삐삐

어제도 말썽 그제도 말썽 / 오늘은 어떤 일을 할까요?

귀여운 말괄량이 삐삐 / 귀여운 말괄량이 삐삐, 삐삐!"

집 근처 염가형 생활용품점에는 반려동물용품이 제법 많았다. 한때 유행이었던 극세사 조끼는 실용성 있고 저렴하기까지 해서 반려인들 사이에 입소문이 퍼지는 바람에 품절 대란이 일어났다. 그래서 나도 품절이 풀린 후 며칠이 지나서야 겨우 구할 수 있었다.

고양이는 수시로 그루밍하기 때문에 굳이 옷을 입을 필요가 없다. 하지만 삐삐는 조금만 뛰어다녀도 곰팡이 피부병으로 각질이 우수수 떨어졌고, 연고를 바른 뒤에는 그 부위를 핥지 못하도록 가려야 해서 어쩔 수 없이 입혀야 했다.

이 극세사 조끼를 꽤 오랫동안 입게 되면서 자연스럽게 조끼는 삐삐의 트레이드마크가 되었다. 처음 스몰 사이즈를 입었을 땐 엉덩이를 덮을 만큼 기장도 길고 품이 컸지만, 어느새 가슴팍까지 달랑 올라가는 크롭 티셔츠가 되고 말았다. 새끼 고양이 시절은 한순간이라더니 놀라울 만큼 폭풍 성장해서, 결국 더 큰 치수의 새 조끼를 사줘야 했다.

그뿐만 아니다. 투명하고 탱탱했던 발바닥 젤리는 분홍색으로 예쁘게 자리 잡고, 송곳니 옆에 영구치인 또 다른 송곳니가 자라났다. 깎을 때 또각또각 조그마한 소리가 났던 발톱도, 이제는 뚜각뚜각 소리가 날 정도로 도톰해졌다. 앙증맞고 귀엽던 맛동산과 감자 크기도 두 배로 커졌다.

온갖 말썽을 다 부리고 다닐 때는 얼른 크면 좋겠다 싶었는데 그건 단지 욱한 마음에 툴툴거린 것일 뿐, 좀 더 천천히 자라줬으면 했다. 새끼 고양이 시절은 단 한 번뿐이니까. 이 시기가 지나가면 두 번 다시 이 모습을 보지 못할 테니 새삼 삐삐의 어린 시절이 소중하게 느껴졌다.

그
사랑
반댈
세

○

새벽마다 고양이 방에서 이상한 소리가 들려왔다. 길고양이가 발정이 나서 우는 줄 알았는데 자세히 귀 기울여 보니 너무도 익숙한 알감이 목소리였다. 잠결에 깜짝 놀라 일어나서 고양이 방 문을 열어젖혔다. 문 앞에서 마주친 알감이는 잘못을 저지르다 들통 난 아이처럼 눈을 동그랗게 떴다가 아무렇지 않게 유유히 캣타워로 올라섰다.

별일 없겠거니 하고 방으로 돌아왔는데 다시 알감이의 울음소리가 들려왔다. 다음 날도, 그 다음 날도 똑같이 반복됐다. 정작 내가 고양이 방에 들어가면 언제 그랬냐는 듯이 울음을 뚝 그치고, 내가 나가면 울어대는 것이 묘했다. 도대체 무슨 이유인지 궁금증을 참지 못하고 며칠 후 고양이 방에 홈 카메라를 설치해 상황을 지켜보았다.

평소와 다름없이 우다다를 마친 삐삐가 방 한가운데에 드러누워 데굴데굴 구르고 있었다. 애교를 부리는 것과는 다른 몸짓이었다. 그때 뒤에서 지켜보던 알감이가 어슬렁어슬렁 배회하더니 요상한 울음소리와 함께 잽싸게 삐삐의 목덜미를 물고 교미 자세를 취하는 게 아닌가.

고양이 방 상황을 들여다보고 있던 나는 휴대전화를 내팽개치고 달려 들어가 둘을 떼어놓았다. 마냥 아이 같다고만 생각했던 삐삐가 5개월째에 벌써 발정이 오다니. 알감이는 이미 중성화 수술을 했지만 다른 아이들보다 늦게 한 탓에 짝짓기 본능이 남아서 삐삐의 변화에 바로 반응을 보였던 것이다.

중성화 수술은 발정이 끝난 후에나 할 수 있어서, 눈에 불을 켜고 둘을 철저히 감시했다. 한 지붕 아래 낯뜨거운 사랑놀이라니, 난 반댈세!

중성화 수술

첫 발정이 끝나자마자 곧바로 삐삐의 중성화 수술을 위해 병원에 갔다. 마취로 축 늘어진 삐삐를 쓰다듬으며 한숨 푹 자고 일어나면 다 끝나 있을 거라고 속삭이니, 몽롱한 상태에서도 큰 귀를 쫑긋거렸다. 큰 수술이 아니라지만 이 순간은 늘 긴장이 된다. 수술 후 관리 또한 중요하기 때문에 수술 부위를 핥지 못하도록 병원에서 판매하는 환묘복도 미리 사 두었다.

대기실에서 두 손을 모으고 기다린 지 15분쯤 지났을 때 빨간 환묘복을 입은 삐삐가 선생님 품에 안겨 나왔다. 혀를 빼꼼 내밀고 약에 취한 삐삐가 어찌나 짠해 보이는지. 정신을 차리지 못하고 해롱대는 삐삐의 머리를 쓰다듬으며 얼른 마취에서 깨길 기다렸다.

오래지 않아 깨어난 삐삐는 원장님의 확인이 떨어진 후 집으로 돌아올 수 있었다. 암컷이라 개복 수술을 해서인지 수술 당일에는 아파하며 밥도 제대로 먹지 못했고, 몸에 손이 닿기라도 하면 짜증을 냈다. 수술 날의 아픔만 견뎌내면 쭉 발정의 고통에서 벗어날 수 있고, 자궁축농증이나 유선 종양 등 여러 질병도 예방할 수 있기에 망설이지 않고 중성화 수술을 선택했지만, 막상 힘들어 하는 모습을 보니 안쓰러웠다.

한숨 자고 일어난 삐삐는 전날보다 한결 나아 보였다. 다행히 밥도 먹기 시작했다. 드디어 큰 산을 하나 넘었다는 생각에 안도감이 들었다. 사람도 아프면 엄마에게 어리광을 부리는 것처럼, 삐삐도 엄마 같은 구마에게 의지하고 싶었는지 내내 치근거렸다. 구마는 그런 삐삐를 안고 하루 종일 그루밍을 해 주며 어리광을 다 받아 주었다.

'패완얼, 삐삐

삐삐는 어릴 때부터 피부병 때문에 넥 칼라를 달고 살았고, 넥 칼라에서 벗어날 때쯤 감기에 걸려 체온 유지를 위해 옷을 자주 입었다. 보통 고양이들은 옷을 입으면 얼음이 되거나 난리가 난다던데, 삐삐는 거부감 없이 마치 제 몸의 일부인 것처럼 잘 입고 다녔다.

꼬까옷을 입히고 인스타그램에 사진을 올리면 사람들은 어쩜 저렇게 옷을 잘 입느냐며 신기해했고, 어디서 샀느냐며 물어보는 사람들도 많았다. 고양이 수제 옷 브랜드 제품인 걸로 짐작해서 물어보셨겠지만, 원하는 답변을 드릴 수 없어 난감했다.

왜냐면 엄마가 사 온 삐삐의 옷은 시장에서 보따리장수 할머니를 통해 산 것들이기 때문이다. 대개 한 벌에 삼천 원도 하지 않는 저렴한 옷이었다. 그런 옷도 삐삐가 입으면 값비싼 브랜드 옷처럼 예뻐 보였다. 흔히 옷이 날개라지만, 우리 집에선 삐삐 덕분에 오히려 옷이 빛나는 경우가 많았다. '패완얼(패션의 완성은 얼굴)'이란 말도 있다더니, 정말 삐삐는 무얼 입어도 멋지게 소화해냈다.

한때 패션왕으로 이름을 날렸던 어린 시절과 달리, 요즘 삐삐는 맨몸으로 지내는 시간이 많다. 굳이 옷을 입지 않아도 감기를 이겨낼 정도로 건강하게 성장했고, 무엇보다 그 어떤 옷과 비교도 안 될 만큼 근사한 털옷을 입고 있으니 딱히 옷이 필요 없다.

삐삐의 등에 있는 점박이 무늬를 보고 있으면 마치 한지 위에 먹물을 투둑투둑 흘려놓은 것처럼 보인다. 엄마는 콩자반이 떠오른다 하셨고, 남동생은 축구공이 떠오른다고 했다. 보는 사람에게 여러 가지를 상상하게 만드는 독보적인 털옷만으로도 삐삐는 충분히 패션왕이 될 수 있지 않을까?

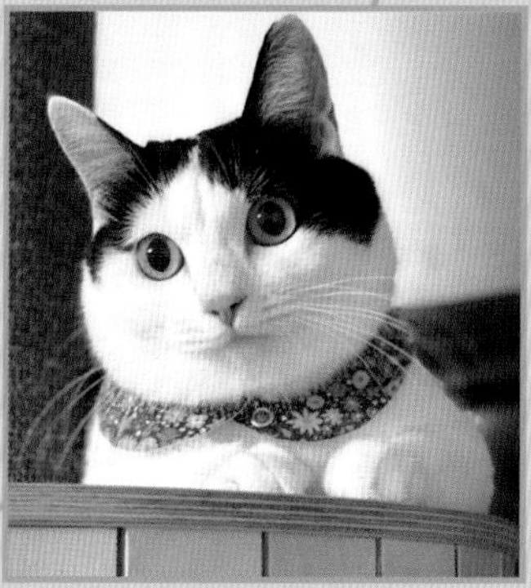

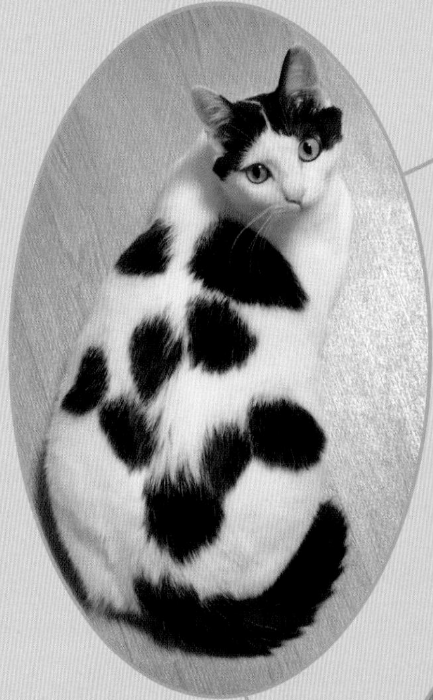

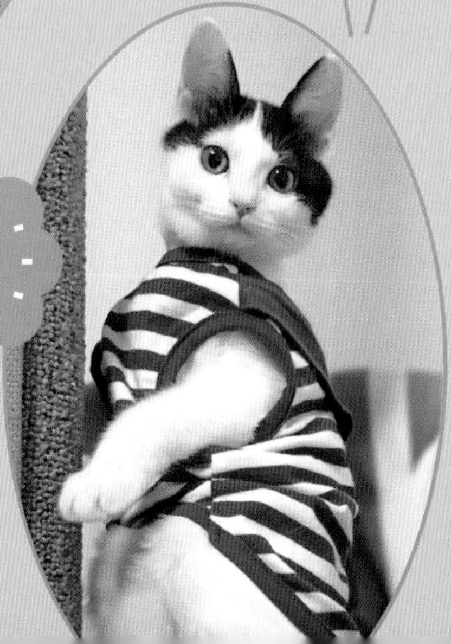

따뜻한 랜선 이웃

길고양이를 돌보면서 예기치 못한 상황과 자주 맞닥뜨린다. 밥 주지 말라는 주민과의 갈등, 급식소 테러, 심지어 고양이 사료를 훔쳐 가는 사료 도둑 등…. 그중 가장 눈앞이 캄캄해지는 건 아픈 아이를 만날 때다.

그때마다 아낌없이 조언을 건네고 물심양면으로 도와주는 '랜선 이웃'이 있었기에 용기를 낼 수 있었다. 생명이 위급한 병 중 하나인 범백혈구감소증에 걸린 감자를 무사히 치료할 수 있었던 것도, 혼자서는 엄두를 낼 수 없었을 구마, 감자와 가족이 되는 일도 그분들의 응원 덕분이다. 기회가 된다면 나도 도움이 필요한 곳에 보답하고 싶었다.

오랜 고민 끝에 조그마한 후원 물품을 만들어 보기로 했다. 감자 얼굴을 본뜬 와펜을 시작으로 2018년에는 달력을, 2019년엔

달력과 삐삐 부채를 차례로 만들어 수익금을 기부하기로 했다. 여름에 만든 삐삐 부채는 상당히 많은 양을 조립해야 해서 엄마와 밤새 뜬눈으로 새우며 기계처럼 포장했던 기억이 난다. 뻐근하다 못해 끊어질 것 같은 허리를 부여잡고 두 번은 못 할 일이라며 앓는 소리를 했지만, 막상 포장을 끝내고 잔뜩 쌓인 택배 상자들을 보니 뿌듯했다.

판매 수익금 대부분은 치료가 필요한 고양이들에게 전달되었다. 목줄이 목에 파고들어 살이 죄다 벗겨진 채 구조된 자유, 안구 적출을 해야 했던 삼색이, 유기묘를 위해 애쓰는 쉼터로 따뜻한 정성이 흘러갔다. 크지 않은 금액이지만 조금이나마 치료에 보탬이 되어 보람을 느꼈다. 혼자라면 엄두를 내기도 어려웠겠지만, 동참해 준 분들이 계셨기에 그 모든 일이 가능했다. 그저 내 고양이의 성장과 일상을 기록하기 위해 가볍게 시작한 인스타그램이었는데, 이제는 내 마음의 안식처나 다름없다.

SNS의 역기능을 이야기하는 뉴스도 많지만, 이곳에서 만난 고양이들, 그리고 우리 곁의 작은 생명을 사랑하는 사람들도 많았다. 고양이 때문에 함께 울고 웃고, 일면식 없이도 따뜻한 마음을 나눌 수 있는 소중한 공간이 누군가에게 또 다른 힘을 전할 매개체가 될 수 있다는 사실에 마음이 따뜻해진다.

5년차 캣맘 기록

동네 길고양이들을 챙기기 시작한 지도 5년이 넘었다. 디디와 도도를 반려하면서 자연스럽게 길고양이들에게 관심이 갔고, 길에서 구마와 감자를 만나면서 캣맘이 되었다. 집고양이의 평균 수명은 15년이지만 길고양이의 평균 수명은 그의 반도 못 미치는 3년, 길어야 5년이라 한다. 길고양이들을 가까이 마주하면서 이를 실감할 수 있었다. 길에서의 삶은 어째서 이리도 고될까?

자연의 순리대로 살아가는 그들의 삶에 개입하지 않되, 하루 한 끼라도 든든하게 챙겨 주고 싶어 캣맘 활동을 시작했다. 하지만 가볍게 밥이나 주려고 시작했던 첫 마음가짐과 달리, 점점 더 그들의 삶에 깊이 스며들게 되었다.

가장 먼저 시작한 일은 길고양이 급식소를 만드는 것이었다. 안정적으로 밥을 먹을 수 있는 곳을 찾아 건물주에게 허락을 구하고,

작은 급식소를 만들어 출근길에 한 번, 퇴근길에 한 번 사료와 물을 채워 두었다. 길고양이 사이에 맛집이라는 소문이 퍼졌는지 갈 때마다 사료 그릇이 비어 있었다. 급식소가 생기면서 종량제 봉투를 뜯는 고양이들이 줄어들었다며 긍정적으로 봐주는 분도 계셨지만, 오히려 고양이들이 더 많아졌다며 항의하는 분도 계셨다. 어떻게 현명하게 대처해야 하나 고민하던 차에 TNR 정책을 알게 되었다.

TNR(trap-neuter-return)이란 길고양이를 포획하여 중성화 수술 후 포획 장소에 다시 방사하는 것을 말한다. 개체 수가 더는 늘지 않게 하기 위한 목적도 있지만, 암고양이는 중성화수술 후 반복되는 출산의 고통에서 해방되어 삶의 질이 달라진다. 또 발정기 울음소리가 나지 않아 사람들의 인식도 좀 더 긍정적으로 변하게 된다. 그렇기에 동네 길고양이들의 TNR을 추진하는 데 크게 고민하지 않았다. 구청을 통해 TNR을 마친 아이들은 중성화 수술 표시로 한쪽 귀 끝이 잘려 급식소 자리에 방사되었다. 개체 수가 안정적으로 유지되고 발정기 울음소리가 줄면서 주민들의 날 선 눈빛도 확실히 수그러들었고, 갖은 사건 사고 속에서도 급식소를 지금까지 유지할 수 있었다.

5년이 넘는 기간 동안 길고양이들을 챙기면서 얻은 게 참 많다. 밥을 주기 위해 규칙적인 생활을 하면서 정신적으로나 육체적으로도 건강함을 얻었고, 끈기없던 내가 책임감을 알게 되었다. 내가 준 것은 고작 밥 한 끼였지만, 그들은 아주 값진 선물을 돌려주었다.

지붕 위 얼룩이

얼룩이

급식소 원년 멤버 얼룩이는 우리 집 맞은편 지붕에 하루도 빠짐없이 찾아온다. 폭염으로 녹아내릴 것 같은 날에도, 억수같이 비가 쏟아지는 날에도, 한파로 온 세상이 꽁꽁 얼어붙은 날에도 지붕 끄트머리에서 나를 기다린다.

왔으면 인기척이라도 내야 빨리 알아차릴 텐데, 천성이 착해 빠진 얼룩이는 울지도 않고 하염없이 기다린다. 항상 소리 없이 기다리는 탓에 수시로 창문을 열어 확인해야 한다. 얼룩이 전용 그릇에 고봉밥을 두둑하게 챙겨 내려가면 한 걸음 뒤로 물러난다. 오래 기다린 날에는 꼭 기지개를 한 번 켜기도 한다. 물러난 자리에 그릇을 올려주면 눈빛을 쏘아 보내는데 뒤로 물러나라는 무언의 압박이다. 겁이 많아서 내가 있으면 잘 먹질 못하기 때문에, 신경이 거슬리지 않게 집으로 돌아가 밥그릇을 다 비울 때까지 숨어 지켜본다.

충분히 배를 채우면 얼룩이는 뒤도 돌아보지 않고 유유히 떠난다. 녀석이 반대편 지붕 끝으로 사뿐사뿐 걸어 사라지는 걸 확인하고 나서야 밥그릇을 수거한다. 5년째 만나고 있지만 털끝 한 번 건드려보지 못했고, 나를 향해 기분 좋게 꼬리를 세워준 적도 없다. 그런데도 시크한 얼굴로 매일 찾아와주는 얼룩이가 고맙기만 하다. 한결같이 오는 걸 보면 아주 조금은 날 좋아하는 것 같기도 하다. 아니, 내가 주는 고봉밥이 좋은 건가?

무엇이 되었든 상관없다. 그저 지금처럼 똑똑하게 길 생활을 하면서 앞으로도 쭉 찾아와주길 바랄 뿐이다. 얼룩아, 혹시, 아주 혹시나 말이야. 길 생활이 고달프게 느껴진다면 그땐 꼭 나에게 와 주렴. 그럼 못 이기는 척 널 데리고 갈게.

깜이

다산 여왕, 깜이

　또 다른 원년 멤버인 깜이는 도와 레의 엄마이자, 이 동네에서 새끼를 가장 많이 낳은 암컷이다. 내가 본 출산만 네 번이다. 처음엔 도, 레, 미를 낳았고, 두 번째는 노담이, 구담이, 치담이, 꾸담이였다. 세 번째는 소담이, 나담이, 코담이를, 그리고 마지막 출산 때 낳은 새끼 네 마리까지… 줄줄이 이름을 지어줄 때마다 애를 먹었다. 그 많은 아이들 중에 도와 레는 우리 가족이 되었고 노담이, 구담이, 꾸담이는 현재 급식소를 지키고 있다. 나머지는 안타깝게도 로드킬과 전염병으로 너무나 일찍 고양이 별로 떠났다.

　깜이는 새끼들의 독립 시기가 되면 꼭 나에게 맡기고 홀연히 사라졌다가, 다시 돌아올 때면 잔뜩 배가 불러 있었다. 그렇게 임신, 출산, 육아, 새끼들과의 이별을 쉬지 않고 반복하느라 몸이 남아나질 않아 형편없는 몰골로 다녔다.

그런 깜이의 고통을 덜어주고 싶어서 TNR 신청을 했다. 하지만 경계가 심하고 포획틀만 보면 달아나버리는 탓에 번번이 실패했다. '네가 이기나 내가 이기나, 한번 해 보자' 하는 악바리 근성으로 일 년간 포획 시도를 거듭해 마침내 깜이를 붙잡을 수 있었다.

포획틀에 갇힌 깜이는 곧장 연계 병원에서 중성화 수술을 받았다. 무사히 수술을 마쳤다는 소식을 듣고 퇴근길에 깜이가 있는 회복실에 들렀다. 기운 없이 웅크리고 있는 아이를 마주하니 만감이 교차했다.

'억지로 잡아서 수술을 시켰다고 날 원망하는 건 아닐까?'

인간이 고양이의 의지와 상관없이 그들의 삶에 개입해도 되는지 반문하며 중성화 수술을 반대하는 사람들도 있다. 하지만 깜이가 거듭된 출산의 고통으로 얼마나 고생했는지 누구보다 잘 알고 있었고, 남은 삶은 건강하게 살게 해 주고 싶은 마음이 컸기 때문에 후회는 없었다. 부디 내 마음이 깜이에게 닿기를 바랐다.

며칠 후 회복한 깜이는 원래 자리로 돌아왔다. 임신과 출산을 반복하는 고통 없이 지내게 된 깜이는 몰라보게 살이 붙었고, 탈모로 비어 있던 피부엔 새 털이 자라 윤기가 흘렀다. 처음으로 깜이의 얼굴에 생기가 도는 예쁜 눈을 보았다. 고생 끝에 낙이 온다더니⋯. 비로소 편안한 삶을 찾은 깜이는 어느 때보다 행복해 보인다.

달콩이

달콩이의 해피엔딩

구마와 감자네가 입양을 잘 갔다고 길고양이들 사이에 소문이라도 났는지, 이후로도 입양이 필요한 길고양이들과 계속 엮였다. 구마가 길고양이 시절 두 번째 출산에서 낳은 캔디와 솔이, 구마와 감자가 지내던 집에 숨만 붙어 쓰러져 있던 뚜에 이어, 크림색 털옷을 입은 달콩이까지 입양을 보내게 되었다.

특히 포동포동하고 예쁘장했던 달콩이는 누군가 키우다 유기했거나, 어미가 잘 키워놓고 막 독립을 시킨 듯했다. 달콩이는 특유의 넉살로 처음 보는 감자 곁에 찰떡같이 달라붙어 지냈다. 하지만 급식소에 고양이들이 늘면서 주민 항의가 이어지자, 원래 그 영역에 살던 구마와 감자의 입지까지 위태로워졌다. 아직 디디와 도도 외에 다른 고양이를 입양할 엄두를 못 냈던 때였기에, 구마와 감자를 지키기 위해서라도 어쩔 수 없이 달콩이의 입양처를 알아보게 되었다.

마침 달콩이를 눈여겨본 분이 같은 지역에 계셔서 어렵지 않게 입양 보낼 수 있었다. 입양처에 도착한 달콩이는 한동안 감자를 그리워했다. 입양하신 분이 감자 목소리가 담긴 동영상을 보여주면 서글프게 따라 울었다고 한다. 잘 지내던 둘을 떨어트린 건 미안하지만 감자는 나와 가족이 되었고, 달콩이는 토끼와 고양이 누나가 있는 집에서 행복하게 지내니 최고의 해피엔딩이 아닐까.

캣맘이 되길 잘했다고 느끼는 순간은 길에 있던 아이들에게 가족을 찾아줄 때다. 쉽지 않은 입양 결정을 해 준 분들에게도 감사함을 느낀다. 작고 아프고 약한 길고양이를 입양하는 건 쉽지 않았을 텐데, 가족의 마음으로 보듬어주셨으니 말이다.

고양이를 몰랐던 시절, 가정 분양이 가장 안전하고 손쉬운 입양 방법인 줄 알았다. 건강하게 태어나고 자란 집고양이란 말에 속아 입양비를 내고 디디와 도도를 데려왔지만, 돌이켜보면 가정 분양을 가장한 판매업자에게 사 온 것이나 다름없었다. 그러나 내가 돌보던 길고양이를 입양해 준 분들을 보면서 "사지 말고 입양하세요"라는 말의 참뜻을 느낄 수 있었다. 고양이를 입양하는 게 중요한 게 아니라 '어떻게' 입양하는지가 중요한 것이었다.

여러 길고양이들을 입양 보내면서, 언젠가 디디와 도도에 이어 셋째를 데려오게 된다면 그때는 정말 가족이 필요한 길고양이를 입양해야지 마음먹었다. 그때의 다짐처럼 몇 년 후 길에서 살던 구마와 감자를 데려왔고, 이어서 도레알과 삐삐도 입양하게 되었다.

화장실의 파수꾼

언제부턴가 삐삐가 화장실에 집착하기 시작했다. 누군가 화장실을 사용하는 기척이 느껴지면 자다가도 벌떡 일어나 입구를 지켰다. 고양이들은 영문도 모른 채 삐삐의 뜨거운 시선을 받으며 불편하게 볼일을 보아야만 했다. 그러다 언니 오빠들이 모래를 덮고 나오는 순간, 재빠르게 달려들어 앞발을 휘두르며 머리통을 깨물었다.

삐삐의 화장실 도발은 평소 무서워하던 디디와 도도에게도 예외가 없었다. 늘 막내 취급만 받으며 불만이 쌓였던 삐삐는, 볼일을 보느라 방심한 순간이 상대를 쉽게 제압할 수 있는 절호의 기회란 걸 깨닫고 희열을 느끼는 듯했다. 언니 오빠들을 이겨 먹는 일에 재미가 들렸는지, 몇 달 동안 화장실 앞에서 티격태격 실랑이가 자주 일어났다.

저러다가 나오던 똥오줌도 도로 들어가는 건 아닐까 걱정되기 시작할 무렵, 기어코 구마가 방광염에 걸려 한동안 통원 치료를 했다. 우연히 발병 시기가 겹친 건지 삐삐 때문인지는 알 수 없지만, 큰 아이들이 화장실을 사용할 때마다 삐삐 눈치를 보며 쭈뼛쭈뼛할 정도이니 제재가 필요하다고 느꼈다.

하루는 도도가 들어간 화장실 입구를 어김없이 지키고 선 삐삐를 발견했다. 도도가 나오는 순간 불시에 공격하려 노리고 있을 것이었다. 안기는 걸 질색하는 녀석에게 최대의 형벌은 품에 꼭 안아 주는 일이었다. 삐삐가 버둥거리지 못하게 냉큼 붙잡아 힘껏 껴안고, 도도가 편안히 볼일을 보고 나올 때까지 기다렸다.

그 후로도 번번이 화장실 주위를 어슬렁대는 삐삐를 발견할 때마다 '사랑의 매' 대신 사랑의 포옹으로 벌을 내렸다. 반복되는 체벌의 의미를 깨달았는지, 한동안 이어지던 화장실 테러는 서서히 수그러들었다.

구마 테레사

    ○

    길고양이 시절 두 번의 출산을 경험한 구마는 모성애가 유난히 강했다. 첫 출산 때 낳은 감자를 다 큰 지금까지도 애지중지하고, 길고양이 시절 만난 새끼 고양이들과 우리 집에 있는 큰 고양이들에게까지 엄마 노릇을 했다. 성묘들을 보듬기란 쉽지 않을 텐데 타고난 성품이 유했고, 아이들 역시 그런 구마에게 의지했다. 길에서 꽤 고생하며 새끼들을 키워낸 구마인지라 이제 제 몸 생각만 하며 푹 쉬었으면 좋겠는데, 배 아파 낳은 감자와 가슴으로 낳은 큰 아이들을 품으며 지금도 우리 집의 모든 고양이를 보듬어주고 있다.

    엄마와 일찍이 떨어진 삐삐도 유달리 상냥한 구마에게 끌렸는지, 막 합사를 시작했을 때 다른 고양이들에겐 맞먹으려 용쓰고 달려들면서도 구마에겐 어리광을 부리며 아양을 떨었다. 잘 때도 구마의 품에 안겨 잠들곤 했는데, 친아들인 감자는 그 상황을 몹시 언

짧아했다. 졸지에 눈앞에서 엄마를 빼앗긴 감자는 당시의 설움과 앙금이 남아 있는지 아직도 삐삐를 탐탁지 않아 한다.

또 감자와 알감이가 자주 다투던 시기가 있었다. 고양이들 중에 수컷이 둘뿐이라 알게 모르게 기 싸움이 오가던 사이였는데, 공룡 그림이 그려진 새파란 이불보를 서로 차지하겠다고 실랑이하다 기어코 감정이 터져 버렸다.

갈등은 뜻밖의 중재자 덕분에 해결되었다. 둘이 신경질적으로 소리를 질러대며 싸우는 걸 곁에서 지켜보던 구마가 허공에 입질을 하며 싸움을 말리자, 순간 둘도 싸움을 멈추었다.

그 후로도 고양이들끼리 과하게 싸울 때는 구마가 끼어들어 싸움을 중재하며 때로는 엄한 모습을 보였다. 평소에는 한없이 다정하고 사랑 많은 엄마 구마를 가리켜 우리 가족은 '구마 테레사'라고 부른다. 캘커타의 성녀로 불린 '마더 테레사' 수녀님에게서 따 온 별명이다.

SNS를 하다 보면 다양한 고양이들을 보는데, 그중에서도 던져주는 장난감을 족족 물어오는 고양이들이 신기했고 부러웠다. 우리 집에서는 장난감을 던지는 것도 내 몫이요, 멀리 떨어진 장난감을 다시 주워오는 것도 내 몫이었다. 던져 준 장난감을 그때마다 다시 주워오는 게 점점 힘들어지면서, 나중에는 누워서도 흔들 수 있는 스틱형 장난감으로 자주 놀아주곤 했다.

그날도 새로 주문한 신상 장난감을 흔들어주고 있는데, 삐삐가 사은품으로 온 쥐돌이에 관심을 보였다. 별생각 없이 저 멀리 던져주었더니 깡충깡충 쫓아가 쥐돌이를 물고 와서는 내 앞에 무심하게 툭 내려놓았다.

'우연인가?'

다시 한 번 던졌더니 아까처럼 똑같이 물어왔다. 그렇게 서른

번을 넘게 반복하고서야 제풀에 지친 삐삐가 드러누웠다. 드디어 우리 집에도 장난감을 다시 물어오는 개냥이가 등장한 것이다.

신이 난 나는 온라인 쇼핑몰에 들어가 온갖 종류의 쥐돌이를 주문했다. 찍찍 소리 나는 쥐, 반짝반짝 불빛 나는 쥐, 꼬리털이 풍성한 쥐, 삐삐 몸집보다 훨씬 큰 대왕 쥐, 알록달록 색이 화려한 쥐. 세상에 존재하는 쥐돌이의 종류는 상상을 초월할 만큼 다양했다.

그중 삐삐의 취향은 입에 물기 좋은 기본형의 작은 쥐였다. 노는 걸 좋아하는 시기이니 이 역시 한때이겠거니 했는데, 삐삐는 지금도 던져주는 쥐돌이 사냥을 즐겨한다. 잡은 쥐는 얼마나 야무지게 물고 오는지 모른다. 삐삐가 아직도 길에 살았더라면 동네 쥐란 쥐는 죄다 사정없이 때려잡았을 게다.

돼지토끼가 되다

○

한창 성장기인 삐삐는 한 시간에 한 번꼴로 사료를 와그작와그작 먹어댈 정도로 먹성이 좋았다. 그렇게 먹어대도 살이 찌기는커녕 호리호리한 몸에 길게 뻗은 다리를 뽐내기에, 삐삐가 살찌지 않는 고양이인 줄 알았다. 주위에서 중성화 수술을 하면 살찐다고들 했지만 삐삐는 아닐 거라 믿었다. "얘는 살이 안 찌는 체질이 분명해"라고 주변에 확신하듯 말해왔는데, 웬걸. 중성화 수술을 마치고 얼마 지나지 않아 정말로 살이 급격하게 붙기 시작했다.

삐삐는 하루하루 이전과 전혀 다른 고양이가 되어 가고 있었다. 매일 아침 눈을 떠서 삐삐를 볼 때마다 포동포동 살 오르는 소리가 들리는 듯했다. 배에 살이 찌면서 허리는 실종된 지 오래였고, 긴 다리도 살에 묻혀 짧고 통통한 몸매가 되었다. 날렵한 토끼에서 돼지토끼로 변신하는 건 순식간이었다. 물론 뚱냥이가 되어도 귀엽지만 비만은 관절염, 당뇨병, 고혈압, 간 질환, 비뇨기 질환 등등 만병의 근원이기에 건강이 걱정됐다.

실내에서 생활하는 영역 동물인 고양이가 산책할 수도 없으니 식이 조절로 다이어트를 해야 하는데, 다묘 가정이라 제한 급식을 하는 데도 한계가 있었다. 간식을 줄이자니, 삐삐가 불쌍하다며 중간에서 몰래 간식을 날라 주는 엄마 때문에 번번이 실패했다. 삐삐에게 간식을 주지 말라고 해도 엄마는 오히려 "잘 먹는 게 좋은 거야"라며 내가 출근하고 없을 때면 하루에 한 번씩 꼭 간식 시간을 가졌다.

도저히 안 되겠다 싶어서 벽걸이 달력에 동그라미 표시를 한 날만 간식을 주자고 타협했지만, 서랍장 속 간식이 빠르게 줄어드는 걸 보면 요즘도 삐삐에게 몰래 간식을 주고 계실 것만 같은 싸한 예감이 든다.

디디, 도도, 삐삐는 어릴 때부터 양치질을 했지만 구마, 감자, 도, 레, 알감이는 길에서 지낸 시간이 길고 양치질을 한 번도 하지 않았던 터라 이미 치석이 있어서 더 어려웠다.

성묘들의 첫 칫솔질은 쉽지 않았다. 다짜고짜 칫솔을 들이밀면 거부감이 생기기에 여러 단계에 걸쳐 적응 훈련을 했다. 기호성이 좋은 닭고기맛 치약을 간식처럼 먹이면서 손가락으로 문질러주고, 익숙해질 때쯤 칫솔로 이빨을 닦았다. 처음엔 발버둥을 쳤지만, 한 달간 이 과정을 거치니 이제 해야만 한다는 걸 알았는지 고분고분 안기는 게 기특하다. 단, 인내심의 제한 시간은 1분이니 신속하게 양치질을 끝내주어야 한다. 칫솔을 꺼내는 순간 고양이들이 뿔뿔이 흩어져 숨기 때문에 일일이 찾아야 하고, 어르고 달래며 양치질을 하느라 녹초가 되지만 아이들의 건강을 위해 칫솔을 든다.

개삐삐라는 별명은 말 그대로 '개'와 '삐삐'의 합성어다. 삐삐가 검은 비닐봉지와 쥐돌이를 물고 으르렁거릴 때 생긴 별명이다. 피부병 치료 때도 매일 성질 부리며 내 바지에 소변 테러를 하는가 하면, 단체로 감기에 걸려 네블라이저 호흡기 치료를 할 때도 큰 아이들은 얌전히 치료받는데 혼자만 악을 쓰며 날뛰었다. 여느 고양이와 달리 장난감을 던져주면 뛰어가서 물어오는 것도, 한번 물면 호락호락 놓는 일이 없는 것도, 아무리 봐도 고양이보다 야생 개에 가까운 아이가 삐삐였다.

그런데 같은 개삐삐여도 유독 엄마에게만은 야생 개가 아니라, 애교 많은 순한 강아지가 되는 게 신기하다. 삐삐는 엄마가 거실에서 낮잠을 잘 때면 항상 머리맡에서 같이 자고, 평소에도 늘 곁을 맴돌며 따라다녔다. 할머니가 손주에게 예뻐 죽겠다는 듯 "우리 똥

강아지" 하고 부르는 것처럼, 엄마에게 눈에 넣어도 아프지 않을 귀여운 똥강아지였다.

하루는 한창 출근 준비를 하는데, 고양이 방에 있던 삐삐가 거실로 후다닥 뛰어나와 엄마 앞에서 "야옹" 울더니 발라당 드러누웠다.

"어머, 엄마, 야 좀 봐. 엄청 기분 좋은가 보다."

평소 보기 힘든 애교에 얼른 휴대전화를 들어 동영상을 찍었더니 엄마의 반응이 시큰둥했다.

"내한테는 맨날 이카는데 뭐."

엄마가 삐삐의 뽀얀 배를 만지며 "삐삐, 발라당? 발라당?" 하고 어르자 삐삐는 신호에 맞춰 오른쪽으로 한 번, 왼쪽으로 한 번 뒤집으며 몸을 굴렸다. 헐…. 허무한 감탄사가 절로 튀어나왔다. 내겐 이 모습이 생소하기만 한데, 엄마는 이런 것쯤 익숙하다는 듯 삐삐의 통통한 엉덩이를 팡팡 두드려주었다.

그제야 알았다. 삐삐가 두 얼굴을 갖고 있다는 걸. 스킨십을 싫어하는 줄 알았는데 여우처럼 엉덩이를 살랑살랑 흔들고 엄마에게 무릎고양이를 하는가 하면, 좀처럼 듣기 힘든 골골송까지 신나게 불렀다. 내가 부를 땐 미간에 힘을 주고 앙칼지게 "야옹!" 하더니, 엄마가 부를 땐 "야옹~" 하고 간드러지게 운다. 아무래도 삐삐는 과거를 새까맣게 잊었나 보다. 몸에 곰팡이와 기생충이 득실대던 자기를 이 집으로 데려온 사람이 나라는 걸.

내 껌딱지, 도야

엄마에게 삐삐가 있다면 나에게는 도가 있다. 고양이 방에 들어가면 가장 먼저 버선발로 달려 나와 다리 사이를 비집고 들어오며 온갖 애교를 부리는데 정말이지 하루의 피로가 싹 풀린다. 그 애교에 녹아 방 한가운데 드러누우면 곧바로 품속으로 파고든다. 이 순간만큼은 알레르기도 잊고 도의 털에 얼굴을 묻고 특유의 포근한 냄새를 킁킁 들이킨다. 나만큼 도도 기분이 좋은지 우렁찬 골골송을 불러준다.

한참을 그렇게 둘이 껴안고 꽁냥거리고 있으면 거실에서 얼른 씻으라는 엄마의 잔소리가 들려오지만, 온전한 둘만의 시간을 깨고 싶지 않아서 못 들은 척 도를 꽉 껴안았다. 얼마 지나지 않아 고양이 방문을 열고 들어온 엄마가 우리 둘을 보고 혀를 내둘렀다.

"아이고, 꼴값 떨고 있네."

말은 그렇게 하지만 아직 도와 서먹서먹한 엄마는 우리 사이가 부러운 게 틀림없다. 아마 엄마와 삐삐를 보며 내가 느끼는 감정과 똑같을 거다.

갑작스러운 엄마의 등장에 심기가 불편해진 도는 야옹야옹 까칠하게 울어댔고, 엄마는 도의 고함에 쫓겨나다시피 나가버렸다. 그제야 안심하고 다시 빈틈도 없이 살을 부대껴오는 나만의 껌딱지, 내 고양이. 매일 보고 살을 부대끼고 지내면서도 한결같이 나에게 사랑을 표하는 도가 사랑스럽기만 하다. 우리가 어렵사리 가족이 된 걸 아는지 도는 늘 아낌없이 내게 사랑을 준다.

우리 집 파괴왕들

여덟 마리 고양이들이 매일같이 집을 난리 통으로 만드는 탓에 하루도 조용할 날이 없다. 사건의 중심에는 늘 도, 레, 알감이가 있었는데, 여기에 막내 삐삐까지 합류하게 되었다. 습득력이 좋은 삐삐는 언니 오빠들이 하는 행동을 보고 곧이곧대로 따라 했다. 한데 어째서 나쁜 것만 잘도 따라 하는 걸까?

하루는 어렵사리 만든 박스 숨숨집이 처참하게 박살 났다. 레가 앞장서서 입구를 물어뜯기 시작하자 삐삐까지 합세해서 확장 공사가 시작됐다. 하루하루 입구가 넓어지더니 며칠 후 우르르 붕괴되어 기껏 힘들게 만든 숨숨집을 버려야만 했다.

디디가 가장 좋아했던 숨숨집이라 다시 구해서 조립해줬더니, 다음 날 또 입구에 이빨 자국이 여러 개 나 있었다. 새 숨숨집 역시 일주일도 채 가지 못해 버려야만 했고, 그 후로 녀석들은 재미가 들렸는지 눈에 보이는 종이 숨숨집과 스크래처는 죄다 뜯고 다녔다.

최근엔 삐삐가 스크래처 카페트를 뜯다가 잔해를 삼켜버린 탓에 사흘 연속 구토했다. 우려하던 일이 현실로 되면서 곧장 고양이 방을 점검했고, 아이들이 평소에 물어뜯던 살림살이를 죄다 정리해야만 했다.

하지만 파괴왕의 만행은 그렇게 쉽게 끝나지 않았다. 기껏 힘들게 고양이 방을 정리했더니, 이제 창문틀이며 벽지까지 뜯는 게 아닌가.

말썽쟁이들의 사고가 끊이질 않으니 한시도 방심할 수가 없다. 간혹 "고양이는 손이 덜 가서 키우기 쉽다"는 글을 본다. 디디, 도도, 구마, 감자와 지낼 때는 그 말에 공감했지만 '막내 라인'들이 오면서 꼭 그렇지만은 않다고 다시 생각하게 됐다. 세상에는 이런저런 성격과 성향의 사람들이 있듯이, 고양이 또한 그렇기 때문이다.

재롱은 엄마의 몫

고양이들의 사진을 찍는 건 즐거운 만큼 또 어려웠다. 움직임이 날렵하고 좀처럼 가만히 있질 않아서 찰나를 담기 위해 고양이들 앞에서 별별 짓을 다 해야 했다. 베이비 스튜디오에 가면 아기 사진을 찍기 위해 앞에서 재롱을 부리는 부모님과 사진작가들이 계시지 않나. 나 또한 카메라를 들고 고양이들 앞에서 온갖 재롱을 부린다. 고양이들이 내 재롱에 눈을 휘둥그레 뜨면 연사 셔터를 누른다. 몇십 장의 사진 중에 마음에 드는 결과물이 나왔을 때 인스타그램에 올리면, 사진을 잘 찍는 방법을 물어오는 사람들이 간혹 있다. 고양이 앞에서 재롱을 떨라고 조언할 순 없으니 "모델이 다 한 거죠"라고 얼버무리고 만다.

고양이와 함께 살면서 전에는 취미로만 가볍게 찍던 사진을 좀 더 전문적으로 배우고 싶어졌다. 우리 집 여덟 고양이와 길고양이들 사진을 지금보다 더 잘 찍고 싶은 마음도 있지만, 길고양이를 돌보며 또 다른 꿈이 생겼기 때문이다. 길고양이 쉼터나 임시 보호처에서 입양을 기다리는 아이들의 모습을 담은 입양 홍보 사진을 찍어서, 조금이나마 입양에 도움이 되는 일을 하고 싶다. 그러기 위해선 기묘한 재롱 없이도 고양이를 잘 담을 수 있는 방법을 하루빨리 터득해야겠지.

중학교 입학 시절 내 별명은 땅콩이었다. 조회 시간이나 체육 시간에 키 순서대로 줄지어 설 때면 늘 맨 앞자리를 차지했다. 또래보다 유독 작은 키는 고민거리였고, 그것 때문에 크게 스트레스를 받기도 했다. 키 성장에 도움을 준다는 젤리를 꼬박꼬박 챙겨 먹고, 좋아하지도 않는 우유를 억지로 마셨으며, 쓰디쓴 한약까지 마다하지 않고 삼켰다. 잠들기 전에는 엄마가 내 양쪽 다리를 꾹꾹 주물러주며 쭉쭉이를 해 주시곤 했다.

노력한 덕분일까, 신기하게도 중학교 1학년 겨울방학 동안 무려 12cm나 자랐다. 방학이 끝나고 첫 등교를 하던 날 같은 반 친구들은 폭풍 성장한 나를 알아보지 못했다. 물론 키가 크면서 살도 10kg 붙은 건 비밀이다. 그렇게 새 학기가 되면서 땅콩이라는 별명에서 벗어날 수 있었다.

시시콜콜한 이야기를 늘어놓는 건 우리 집에도 비운의 고양이가 있어서다. 삐삐는 이미 다 자랐는데도 언니, 오빠들보다 반 뼘이 작다. 발톱을 깎아주려고 품에 안으면 다른 아이들은 정수리가 내 턱에 닿는데 삐삐는 고작 가슴팍까지만 온다.

그러면 어릴 적 엄마가 나에게 해 줬던 것처럼 다리를 조물조물 주무르며 쭉쭉이를 해 주지만, 의미 없다는 걸 안다. 타고난 작은 몸집을 운명으로 받아들이는 수밖에. 그래도 삐삐는 좋겠다. 키가 작아도 귀여우니까.

말괄'냥이' 삐삐

여덟 아이의 관계도를 살펴보면 가장 재미있는 건 도도와 삐삐의 관계다. 언제부턴가 삐삐가 도도의 뒤꽁무니를 끈질기게 쫓아다녔다. '혼밥'을 즐기는 도도가 홀로 밥을 먹고 있으면 꼭 곁에서 같이 밥을 먹었고, 심지어 자다가도 사료 먹는 소리가 들리면 눈을 번쩍 뜨고 밥 먹는 고양이가 누구인지 확인한 뒤, 그게 도도면 잠결에도 비몽사몽 일어나 따라 먹곤 했다. 삐삐는 도도의 어디가 그렇게 좋은지 사료를 입에 넣으면서 골골송까지 불렀다.

혼자 놀기만 고집하는 도도의 영역을 침범하기 시작한 삐삐는 소리 없는 구애를 하며 곁을 맴돌았다. 물론 도도는 질색했지만 삐삐는 전혀 개의치 않았다.

한번은 잠을 자는 도도의 곁을 비집고 들어가 혼쭐이 난 적이 있다. 다른 고양이와 살을 부대끼는 걸 극도로 싫어하는 도도가 무섭게 하악질을 하며 앞발을 휘둘렀지만, 삐삐는 기어코 옆을 꿰차고 앉아 얼른 눈을 감고 자는 척했다.

　자리를 박차고 나가겠지 했던 예상과 달리, 도도는 거칠게 콧김을 두어 번 뿜더니 한숨을 쉬며 다시 잠을 청했다. 그러자 삐삐는 슬쩍 눈을 뜨고 잠든 도도를 그루밍해 주며 찰떡같이 붙어 있다가 곧 진짜 잠이 들었다. 정말 감격스러운 장면이었다. 누구도 하지 못한 그 어려운 걸 삐삐가 해내다니. 도도가 하는 건 뭐든 따라서 하고, 수시로 도도의 얼굴 앞에 엉덩이를 들이미는 걸 보면 꽤 사랑받고 싶은가보다. 요즘도 삐삐의 일방적인 외사랑은 진행 중이며 도도의 반응은 차갑지만, 둘의 사랑이 쌍방향이 되는 그날까지 삐삐를 응원해본다.

　하루는 컨디션이 좋지 않은 감자를 끌어안고 다독이고 있는데 거실에 있던 남동생이 "누나는 감자만 편애하는 거 아냐?" 하며 장난스럽게 말을 건넸다. 정곡을 찔린 기분이었다. 길고양이 시절 범백과 칼리시를 앓았던 감자는 합병증으로 구내염과 만성 호흡기 질환에 시달렸고, 지금도 부비동염과 재채기를 달고 산다. 똑같이 사랑하지만 자주 아픈 감자에게 손이 좀 더 가는 건 어쩔 수 없다.

　다묘 가정이 되면서 가장 어려운 건 여덟 아이들을 공평하게 사랑해야 한다는 것이다. 고양이들은 무심해 보여도 다 알기 때문에 사랑이 한쪽으로 기울지 않게 조심하고 또 조심해야 했다. 비록 내 사랑을 여덟로 나누어 아이들이 받는 사랑의 크기가 작다 느낄 수도 있겠지만, 이것만큼은 알아주었으면 좋겠다. 사랑한다는 말보다 더 너희를 사랑한다는 것을.

24시간이 모자라

아침에 눈을 뜨면 가장 먼저 아홉 개의 화장실 청소를 하고, 밥그릇을 바꿔주고, 정수기에 새 물을 채우는 일로 하루를 시작한다. 만성 호흡기 질환이 있는 아이들과 알레르기를 앓는 가족들을 위해 청소기를 돌리고 물걸레질을 하며 청결한 환경을 유지해야 하므로 아침 댓바람부터 부지런히 움직여야 했다. 청소를 마치고 나면 그제야 부랴부랴 출근 준비를 한다. 그나마 직장에 있을 때는 숨 돌릴 여유가 생긴다.

퇴근 후 집에 도착하면 곧장 화장실 청소를 하고, 삼십 분에서 한 시간 정도는 꼭 장난감으로 놀아준다. 자기들끼리도 잘 놀지만, 왠지 내가 격렬하게 놀아줘야만 할 것 같은 책임감이 들기 때문이다. 고양이 털이 사방에 흩날릴 정도로 신나게 놀아주고 난 다음엔 다시 청소기와 물걸레질로 뒷정리를 한다. 마지막으로 밖에서 나를 기다리는 길고양이들을 챙겨주고 나면 그제야 하루가 마무리된다.

고양이를 돌보는 일은 해도 해도 끝이 없고, 아침에 눈을 떠서 잠자리에 눕기 직전까지 녀석들을 뒤치다꺼리하느라 눈코 뜰 새 없다. 예전에는 하루가 지루하게 느껴졌는데 요즘은 '왜 하루가 24시간밖에 되지 않지?'라는 터무니없는 생각이 든다.

다묘 가정이 되면서 나만의 시간이 현저히 줄었지만 전혀 후회하지 않는다. 여덟 고양이와 가족이 되면서, 혼자 한가로이 보내던 시간보다 더 소중한 우리들의 시간을 보내고 있으니까. 나에겐 지금이 가장 값진 시간이다.

구마살롱 대 삐삐살롱

ㅇ

그루밍이란 고양이가 까칠한 혀로 털을 핥으며 정돈하는 행위인데, 대개 고양이는 스스로 털을 청결하게 유지하기 위해 매일 그루밍을 한다. 우리 집은 고양이들이 많아서 서로 그루밍을 해 주는 모습을 자주 목격하는데, 이때 유형이 개인주의묘, 그루밍을 받는 쪽과 해 주는 쪽의 세 부류로 나뉜다. 외동 성향이 강한 디디와 도도는 스스로 몸단장하는 걸 즐기고, 감자와 도, 레, 알감이는 그루밍받는 걸 선호한다. 반면 구마와 삐삐는 앞장서서 그루밍을 하고 다닌다.

고양이 사회에서는 그루밍을 하는 쪽이 그루밍을 받는 쪽보다 더 높은 서열이라고 한다. 어린 시절엔 언니 오빠들의 그루밍을 받으면서 자랐지만, 삐삐도 이젠 좀 컸다고 받은 만큼 돌려주고 싶은가 보다.

우리 집 고양이들 사이에는 구마살롱과 삐삐살롱이 인기 영업장이다. 상냥한 그루밍으로 모든 고객을 만족시키는 구마 원장님은 한 번 다녀간 고양이들을 모두 단골로 만드는 실력과 오랜 경력으로 쌓아온 신뢰를 바탕으로 인기가 많다.

삐삐 원장님은 다소 손이 거칠지만 시원시원한 혀 놀림으로 호불호가 갈린다. 역방향으로 핥아대는 건 기본이고 고객의 머리에 앞발을 턱하니 올려두는 탓에, 감자는 일찌감치 치를 떨고 삐삐살롱에 발길을 뚝 끊었다.

그런 감자와 달리 도와 레는 시도 때도 없이 삐삐살롱을 찾는 단골손님이다. 삐삐가 좀 더 경력이 쌓인다면 구마 원장님과 함께 고양이 살롱계의 양대 산맥을 이룰 수 있겠지만, 내가 고양이라면 삐삐살롱보다는 구마살롱을 좀 더 선호할 것 같다.

이층집이 필요해

우리 가족은 모두 고양이 알레르기가 있다. 알레르기 측정지는 병원 검사지마다 다른데 1~5단계 검사지도 있고, 1~6단계로 세분화하는 곳도 있다. 엄마와 남동생은 혈액검사 후 알레르기 5단계라는 진단을 받았고, 비염과 피부 질환이 심해서 대학 병원을 내원하며 치료 중이다. 병원에 갈 때마다 의사 선생님이 이 정도면 고양이를 키울 수 없는 단계라며 다른 곳으로 보내라고 단호히 말씀하셨다. 과연 그게 최선일까? 나는 그렇게 생각하지 않았다. 함께할 방법은 분명히 있을 거라 믿었다.

가족들의 피부는 날이 갈수록 심해졌고 당장 할 수 있는 대처법으로 분리 생활을 택했다. 가장 큰 방은 고양이들이, 세 개의 작은 방은 엄마, 동생, 내가 나누어 사용하며 거실은 모두가 함께 지내는 공간으로 했다. 우리의 생활 공간과 고양이 전용 공간을 분리하면서 남동생의 피부 상태는 호전됐지만, 엄마는 큰 차도가 없었다. 전신에 흉이 가득해 한여름엔 짧은 소매 옷조차 입지 못하신다. 또 발진과 가려움증으로 얼음 팩을 몸에 두르고 있어야만 했다. 엄마는 일상생활이 힘들어지고 잠을 이루지 못할 정도로 가려움증에 시달렸다. 가족 모두 고양이를 좋아하지만, 내 욕심 탓에 다묘 가정이 되었고 그 때문에 식구들이 고통받는 게 너무도 미안했다.

한번은 고양이들을 데리고 독립하는 게 어떨까 하고 고민한 적이 있었다. 그 말을 들은 엄마는 곧바로 "섭섭한 소리 하지 마라"며 칼같이 내 말을 끊었다. 정말로 서운했는지 그날 종일 엄마는 말씀이 없으셨고, 다시는 독립 얘기를 꺼내지 못했다.

며칠 후 어색한 기류 속에 엄마가 먼저 제안해왔다. 1, 2층 나누어 살 수 있는 주택을 알아보자고. 실은 전부터 그런 방법을 생각해왔다고 하셨다. 지금처럼 방을 나눠 사는 것보다, 층을 나누어 지낸다면 훨씬 좋은 환경이 될 거라고. 돌이켜 생각해보면 나는 엄마의 마음을 헤아리지 못했던 것 같다.

요즘도 온 가족을 위한 최선의 방법을 찾아 집을 계속 알아보고 있다. 지금 사는 동네에 집을 구해야 한다는 조건 탓에 쉽진 않지만, 조만간 좋은 소식이 있었으면 좋겠다. 알레르기를 견뎌야 하고 분리 생활을 해야 하는, 비록 지금 당장은 서로에게 완벽한 환경은 못되지만 머지않아 더 좋은 날이 오리라 믿는다.

깻잎이와 상추

엄마와 내가 이 동네를 떠나지 못하는 이유 중 하나가 바로 돌보는 길고양이들 때문이다. 특히 깻잎머리로 예쁘게 가르마를 탄 길고양이 깻잎이는 늘 우리 집 앞에 찾아와 나를 기다렸다. 구마나 감자가 창가에 앉아 밖을 내다보고 야옹, 울면 깻잎이가 왔다는 신호다. 깻잎이는 집에 있는 우리 고양이들이 부러운 건지, 단순히 호기심인지 좀처럼 우리 집에서 눈을 떼지 못했다. 그런 깻잎이를 볼 때마다 안쓰러웠다. 친구라도 있으면 좋으련만….

그러던 어느 날, 구마의 울음소리에 창가를 내다보니 어김없이 깻잎이가 와 있었다. 한데 옆에는 낯선 고양이 한 마리가 같이 앉아 있는 게 아닌가. 사료와 캔을 챙겨들고 나가자 깻잎이는 신나는 발걸음으로 급식소로 앞장섰고, 낯선 고양이는 깻잎이의 뒤를 따랐다.

그 뒤로도 깻잎이는 친구를 데리고 왔고 나는 그 고양이에게 상츄라는 이름을 지어주었다. 상추를 좀 귀엽게 부른 이름이 상츄다. 고깃집에 가면 깻잎 옆에 상추가 같이 놓여 있는 경우가 많지 않나. 바로 그 깻잎 곁의 상추처럼 둘은 찰싹 붙어 다녔다.

둘도 없는 친구인 깻잎이와 상츄는 마치 한 세트인 듯 함께였다. 모르는 사람이 보면 금슬 좋은 부부나 애인 사이로 착각할 수도 있겠지만, 참고로 둘은 수컷이다.

누가 고양이는 외로움을 타지 않는다고 했던가. 깻잎이와 상츄를 보면 꼭 그렇지만은 않은 것 같다. 상츄와 다니면서 깻잎이의 얼굴은 전보다 밝아졌고 무엇보다 우리 집 앞에서 늘 죽치지도, 우리 아이들을 보러 오지도 않았다.

아무래도 깻잎이는 친구가 필요했나 보다. 고달픈 길고양이의 삶에 서로 의지하며 지낼 수 있는 친구가 생겨서 참 다행이다. 두 아이가 함께 지내기 시작하면서, 깻잎이만 보면 무거워지곤 하던 마음도 조금 가벼워졌다.

오줌싸개 시끄레야

삐삐를 잇는 독보적인 존재감을 자랑하는 고양이는 레다. 어릴 때부터 수다쟁이라서 '시끄레야'라는 별명을 붙여주었다. 간식을 먹을 때는 맛있다고 떠들고, 기분이 좋을 때면 갸르릉 몸을 뒹굴며 떠들고, 졸릴 때는 '음 소거 상태'로 울어댈 정도로 말이 많았다. 퇴근 후 고양이 방에 들어가면 나와 마주 보고 앉아 오늘은 뭘 했고, 뭘 먹었고, 뭘 가지고 놀았는지 종알종알 하루 일과를 털어놓듯 떠들어댄다. 그 수다에 맞장구를 쳐 주면, 또 야옹야옹 이야기보따리를 풀어놓는다. 이럴 때 고양이 언어 번역기가 있으면 참 좋을 텐데. 레와 함께 있으면 심심할 겨를이 없다.

타고난 귀여움으로 내 마음을 녹이지만 레 때문에 화가 머리끝까지 치솟을 때가 있다. 녀석의 치명적인 단점은 바로 오줌싸개라는 점. 특정 장소에만 싸는 것이 아니라 그날 기분 내키는 대로 아무렇게나 싼다. 그러니 매일 오줌 테러를 당한 곳을 찾으려면 여기저기 코를 박고 킁킁대며 집 안 곳곳을 다녀야 한다. 모래, 화장실 종류, 화장실 위치까지 모든 것을 이리저리 바꿔 보았지만 좀처럼 오줌 테러의 원인을 찾지 못했다. 길고양이 시절 나무판이나 쌀 포대에 소변을 싸는 걸 본 적이 있는데, 오줌 테러도 습관성이지 않을까 짐작만 할 뿐이다. 계속되는 레의 오줌 테러에 침대 매트리스는 이미 내다 버렸다. 아이들이 좋아하는 방석조차도 마음 편히 놓아주지 못한다.

한번은 엄마가 그런 레를 꾸지람한 적이 있었다. 혼나는 걸 저도 알고 야옹야옹 기어들어 가는 목소리로 말대꾸를 하는데, 그런 레를 보면서 엄마는 "엄하게 꾸지람하려고 정색했다가도, 혼을 내기는커녕 웃음이 나와 버렸다"며 웃고 마셨다.

고양이들은 대체 뭘까. 너무 귀여워서 화를 낼 수도 없게 만드니 말이다. 오줌은 멋대로 다 싸면서 화도 못 내게 하면 반칙 아닌가? 결국 엄마에게 꾸지람을 듣고 구석에서 기가 죽어 찡얼거리고 있는 레를 안아 들고 달래줄 수밖에 없었다.

"그래, 우리 레야가 오줌 쌀 수도 있지 뭐. 오줌 못 싸서 아픈 것보다 낫지. 오줌 한번 시원하게 잘 쌌네, 잘했어."

아마 나는 평생 고양이에게 잡혀 살 팔자인가보다.

디디가 막 성묘가 되었을 때쯤, 날리는 털이 감당되지 않아 고양이 전문 미용실에 찾아갔다. 영문도 모른 채 낯선 환경에 놓이고, 낯선 사람의 손길이 몸에 닿자 디디는 발버둥을 치며 온몸으로 미용을 거부했다.

당시 나는 고양이에 대해 너무도 무지했다. 윙윙거리는 이발기 소리가 고양이에게 얼마나 무서울지, 몸을 덮고 있던 털이 사라지면 얼마나 스트레스를 받을지 디디 입장에서 생각하지 못했다. 그깟 털쯤 매일 청소하면 되는 거였는데, 내 한 몸 편하고 싶은 이기심으로 씻을 수 없는 공포를 안겨준 것이다.

그때의 트라우마 때문에 디디는 병원조차 갈 수 없을 정도로 예민한 성격으로 변했다. 그래서 지금까지도 가슴 한편에 미안함과 죄책감을 안고 있다. 최대한 미용을 피하려 하지만 하필 디디와 도도는 피부 건조증이 심해서 일 년에 한 번 집에서 털을 밀어준다. 다행히 익숙한 영역에서 내가 직접 털을 밀어주니 안심했는지 미용실에서처럼 스트레스를 받지는 않는 것 같다.

미용하면 털이 덜 빠질 거라 생각하겠지만, 경험상 털이 빠지는 건 똑같다. 다만 눈에 잘 보이지 않는 짧은 털이 빠질 뿐이다. 고양이의 털 빠짐은 상상을 초월한다. 사뿐사뿐 걸어만 다녀도 털이 흩날리고, 쓰다듬으면 손 안에 털이 한가득 딸려온다.

고양이들이 단체로 우다다를 한 날이면 우리 가족은 고양이 알레르기에 시달려야 했다. 아침저녁으로 청소기를 돌리고 방마다 돌돌이를 두어 개씩 두고 수시로 밀어주며 습관적으로 청소한다. 이삼일에 한 번씩 빗질해서 털 빠짐이 덜하게 관리해 주지만 다묘 가정이라 그런지 큰 효과는 모르겠다. 하루하루가 털과의 전쟁이지만 이것이 반려인의 숙명이라 생각하기에 오늘도 손에서 돌돌이를 놓지 못한다.

말끝'냥이' 삐삐

디디는 상추 애호가

○

육중한 몸매를 가진 디디는 못 먹는 게 없어 보이지만, 여덟 아이들 중 가장 입맛이 까다롭고 가리는 것들이 많다. 그래서 사료와 간식 선택을 할 때는 디디를 기준으로 정해야 했다. 습식류는 쳐다보지도 않고 유일하게 먹는 간식도 몇 안 되는데, 그런 까탈스러운 디디가 좋아하는 것이 상추다. 의외로 채식주의자여서 어릴 때부터 초록 잎을 좋아했다.

디디가 외동묘로 있던 시절, 가족들과 거실에 둘러앉아 고기를 먹고 있었다. 사람 음식이라면 쳐다보지도 않던 디디가 그날따라 밥상으로 앞발을 뻗으며 뭔가 집으려 했다. 당연히 고기일 줄 알고 살점을 조금 뜯어 기름을 떼어낸 뒤 내밀었더니 고개를 홱 돌려버렸다.

다시 밥상을 짚고 일어나 앞발을 뻗은 디디의 목표물은 다름 아닌 상추였다. 혹시나 이게 먹고 싶었던 건가 하는 마음으로 상추를 한 장 집어 내밀었더니 그제야 만족스러운 듯 아삭아삭 베어 물었다.

디디는 진정한 상추 애호가다. 상추를 씻어 물방울 터는 소리가 들리면 자다가도 벌떡 일어나 달려온다. 다른 간식을 먹을 때는 마지못해 먹는 듯 시큰둥한데, 상추를 먹을 땐 눈에서 초롱초롱 빛이 난다. 정말 디디의 상추 사랑은 누구도 말릴 수 없다.

언니가 상추 먹는 모습이 먹음직스러워 보였는지 상추를 먹지 않던 삐삐도 어느 날부터 디디를 따라 먹기 시작했다. 상추를 음미할 때 코를 찡그리는 표정까지도 쏙 빼닮았다. 가족은 서로 닮아간다더니 그 말이 맞는가 보다.

고양이의 동공은 빛의 양에 따라 시시때때로 변한다. 빛의 양이 적거나 무언가에 집중할 때는 동공 부자가 되는데, 애니메이션《슈렉》에 나오는 장화 신은 고양이, 일명 '슈렉 고양이'를 상상하면 단번에 알 수 있을 것이다. 새까만 동공이 커질수록 귀여움은 배가 되고, 동공으로 가득한 예쁜 눈을 빤히 들여다보고 있으면 블랙홀에 빠져들 것만 같은 묘한 기분이 든다. 반면 빛의 양이 많을 땐 일명 칼눈이 되는데, 나는 그게 가장 고양이다우면서도 우아한 모습으로 느껴졌다.

하지만 어린 시절엔 그 눈이 너무 무서웠다. 초등학교 저학년 때 우리 집 마당에 자주 찾아오던 치즈색 고양이가 있었다. 유난히 샛노란 눈동자 속에 칼처럼 날카롭게 빛나는 일자 동공을 마주할 때면 금방이라도 나를 덮칠 것 같은 무서운 상상이 펼쳐졌다. 정작 고양이는 나에게 아무런 해를 가할 생각이 없었는데 말이다.

어린 나는 두려운 마음에 들고 있던 신발주머니를 허공에 휘이 휘이 흔들며 고양이를 쫓아냈었다. 그때는 왜 막연히 고양이가 무섭다고만 생각했을까? 다시 한 번 그 고양이를 만날 수만 있다면 너를 늦게 좋아하게 돼서 미안하다고, 샛노란 눈을 마주 보며 세상에서 가장 예쁜 눈이라고 말해 주고 싶다.

간
식
의
힘

○

　고양이들이 나보다 엄마를 잘 따르는 데는 아무래도 간식의 힘이 컸다. 나는 일주일에 한 번씩 간식을 주는 편이지만 엄마는 하루에 한 번씩 고양이들에게 꼭 간식을 줬다. 건강을 생각해서라도 매일 주는 건 안 된다고 신신당부했지만, 서랍장 속 간식이 빠르게 바닥을 보이는 걸 봐선 내가 직장에 있는 동안 몰래 주는 것이 틀림없다.

　길고양이 시절 인기가 많았던 구마는 여러 사람에게 간식을 얻어먹었다. 사람으로 따지면 하루에 라면을 두 봉지씩 먹고, 후식으로 아이스크림을 두 개씩 먹은 거나 다름없을 정도로 많이 먹었다.

　구마가 집고양이가 되면서 건강이 우려되어 간식을 대폭 줄여야만 했다. 하지만 애교를 부리면 맛있는 간식이 떨어진다는 걸 아는 구마는 골골 모터를 달고 엄마의 가슴팍에 꾹꾹이를 하는가 하면, 징징거리며 떼를 쓰거나 발라당 드러눕기를 시전하며 온몸으로 간식을 갈구했다. 거기에 삐삐까지 무릎냥 애교로 합세하면 엄마는 간식 서랍장을 열 수밖에 없었다.

구마와 삐삐의 활약으로 간식 봉지 뜯는 소리가 들리면, 나머지 고양이들도 어슬렁어슬렁 거실로 나와 나란히 줄을 선다. 평소 엄마를 피해 다니는 도, 레, 알감이도 이때만큼은 잔뜩 긴장하면서도 꾸역꾸역 간식을 먹으러 오고 만다. 다른 고양이와 살을 부대끼는 걸 싫어하는 도도까지도 구마와 얼굴을 찰싹 맞대고 먹는 걸 보면 간식의 힘이 대단하긴 한가 보다.

그렇게 간식 하나로 엄마는 고양이의 마음을 사로잡고 오늘도 호감도가 상승한다. 하지만 너희들, 이건 알아야 해. 그 수많은 간식을 사냥해 오는 사람은 바로 나라는 걸.

○

엄마와 거실에 앉아 일일연속극을 보며 갓 찐 고구마를 먹고 있으면 어느새 삐삐가 다가와 눈을 맞춘다. 뜨거운 고구마를 호호 불어 조금 주면 코를 박고 먹는 데 정신이 없다. 고양이들은 단맛을 느끼지 못한다던데 무슨 맛으로 먹는 걸까? 코를 찡긋 하고 응냥응냥 소리를 내며 먹는 걸 보니 맛있기는 한가 보다.

삐삐의 고구마 사랑은 고양이인 구마에게까지로 이어졌다. 입을 크게 와앙 벌려 구마 얼굴을 깨무는 모습은 정말 한입에 삼키기라도 할 기세였다. 처음 물릴 때는 구마도 두 눈을 동그랗게 뜨고 놀랐지만 장난이 몇 번 반복되자 요즘은 만사 귀찮은 듯 뺨을 내어 준다.

진짜 고구마가 아니라 딱히 맛도 없을 텐데 왜 그러는 걸까. 마음을 통 알 수 없지만 고구마를 정말 좋아한다는 것 하나는 확실히 알겠다. 그래도 삐삐야, 구마 볼은 인제 그만 깨물면 안 되겠니?

○

예민하고 겁이 많은 도, 레, 알감이는 모든 게 느렸다. 양치질, 발톱 깎기, 캣휠 타기 등 무엇이든 적응하는 데 시간이 필요했다. 지금은 양치질도 발톱 깎기도 의젓하게 참을 줄 안다.

하지만 시간이 흘러도 셋에겐 여전히 어려운 사람이 있다. 바로 엄마였다. 특히 가장 예민한 도는 엄마를 볼 때마다 꼬리를 부풀리며 경계했다. 길고양이 시절, 셋을 보기만 하면 빗자루를 휘두르며 고함치던 아주머니가 있었는데, 그때의 트라우마로 억양이 센 중년 여자만 보면 놀라게 된 것이다. 엄마는 매일 간식과 장난감을 내밀며 세 아이들과 가까워지기 위해 노력하지만 섭섭한 모양이다. 아직도 엄마가 무서운 세 고양이, 그런 세 고양이에게 서운한 엄마. 느려도 괜찮으니 언젠가 엄마 곁에서 옹기종기 모여 있을 셋의 모습을 그려 본다.

캣휠 망나니

실내에서만 지내 활동량이 부족한 고양이들을 위해 캣휠을 마련해 줬더니 고양이들이 혼비백산 난리가 났다. 캣휠은 고양이용 러닝머신인데, 커다란 휠 안에 카펫 스크래처가 깔려 있어서 그 안에서 달리면 다람쥐 쳇바퀴 돌듯 휠이 빙글빙글 돌아간다. 이 신문물 앞에 '겁쟁이 파'는 화들짝 놀라 달아났고 '호기심 파'는 캣휠 주위를 서성이며 궁금해했다.

가장 호기심 많고 뭐든 제일 먼저 나서야 직성이 풀리는 삐삐는 캣휠에 올라타 스크래처를 긁으며 기지개를 켰다. 달리기 직전 준비 운동을 하는 듯한 몸짓이었다. 조금만 움직여도 돌아가는 바퀴에 놀란 것도 잠시, 휠을 천천히 굴리며 감을 잡기 시작했다. 휠 안쪽으로 삐삐가 좋아하는 레이저 포인터 불빛을 쏘아주자 눈을 번득이며 사냥감을 쫓듯 빠르게 달렸다. 단숨에 사용법을 터득한 삐삐는 온종일 캣휠을 점령했다. 밥 먹고 와서 달리고, 화장실 다녀와서 달리고, 자다 일어나서도 수시로 달렸다. 한마디로 장난감 양보란 걸 모르는 무법자였다.

한데 삐삐를 능가하는 무법자가 나타났다. 전혀 생각지도 못한 도도였다. 다른 아이들보다 활동량이 적어 당연히 관심이 없을 줄 알았는데, 신나게 캣휠을 타는 모습이 재미있어 보였는지 삐삐가 잠깐 자리를 비운 사이 곧바로 올라탔다. 도도는 그간 삐삐 때문에 마음 편히 캣휠을 돌려보지 못한 한을 풀기라도 하듯 마징가 귀를 하고 쌩쌩 내달렸다. 여태껏 한 번도 본 적 없는 역동적인 모습이었다.

그날 이후 도도의 생활 반경은 캣휠 위주로 바뀌었다. 다른 아이들이 다가오기만 하면 으르렁 소리를 내며 앞발을 휘둘러 다가오지 못하게 했고, 자기가 잠시 자리를 비운 틈에 삐삐가 타고 있으면 쏜살같이 나타나 악을 쓰며 밀어냈다. 덕분에 도도에겐 '캣휠 망나니'라는 별명까지 생겼다. 지금까지 무언가에 욕심을 부려본 적 없는 아이인데 캣휠에 이렇게 환장할 줄이야.

예기치 못한 라이벌이 생기자 삐삐 얼굴에는 당황스러움이 역력했다. 다른 언니 오빠들이라면 봐주지 않고 대들었겠지만 하필이면 자기가 짝사랑하는 도도인지라 눈치만 볼 수밖에. 졸지에 캣휠을 빼앗긴 삐삐는 틈새 공략을 노리고 있지만, 캣휠 앞에만 서면 망나니가 되어버리는 도도를 이겨내진 못할 것 같다.

준비 없던 이별

겨울비가 요란하게 쏟아지던 날이었다. 급식소 사료가 젖어 새로 채워두려던 참이었는데 길목 한가운데에 덩그러니 누운 노란 고양이가 보였다. 얼핏 보아도 숨이 멎은 고양이의 사체였다. 그 모습을 보는 순간 심장이 미친 듯이 뛰기 시작했다.

차라리 한 번도 보지 못한 고양이였으면…. 급식소에 오는 고양이가 아니길 바랐지만 불길한 예감은 현실이 되었다. 차 사고로 몸은 엉망이었지만 단번에 누구인지 알 만큼 익숙한 아이. 어젯밤 내가 준 밥을 맛있게 먹던 깜이의 새끼, 치담이었다.

궂은비를 쫄딱 맞고 뻣뻣하게 굳은 아이를 보자마자 가슴이 와르르 무너졌다. 간밤에 얼마나 무섭고 추웠을까. 어제 밥 먹고 있던 아이를 조금만 더 오래 지켜봤다면 사고를 막을 수 있었을까? 왜 하필 매일 급식소에 찾아오는 치담이었을까? 평소에 오지도 않던 비가 왜 이리도 쏟아져 마지막 순간까지 처량하게 만든 걸까? 하늘이 그렇게 원망스러울 수 없었다. 온몸이 푹 젖어 차가워진 치담이를 보내며 엄마와 함께 한참 울었다.

로드킬로 떠난 치담이와 코담이와 점박이, 전염병으로 떠난 나담이와 소담이, 인사도 없이 자취를 감춘 미야, 크림이, 왕발이 등등 5년이 넘는 기간 동안 길고양이들과의 수많은 만남에 비례하는 이별을 마주한다. 아무 준비 없이 갑자기 다가오는 이별엔 결코 무뎌질 수 없었고, 매 순간 아프고 버거웠다.

길고양이들의 밥을 챙기는 한 지금처럼 끝없는 만남과 이별을 반복할 것이고, 그때마다 슬픔에 잠기리라는 걸 안다. 그렇지만 길에서 기다리는 남은 아이들이 있기에 상실감에 오래 빠져있을 수도 없다. 부디 모두 무사하길 기도하며 오늘도 급식소로 향한다. 언젠가 또 다른 헤어짐도 오겠지만 이별은 너무 슬프니까 아주 천천히, 멀리 돌고 돌아서 먼 훗날에 와 주기를 바라고 또 바랄 뿐이다.

얼굴 천재란 얼굴과 천재의 합성어로 외모가 빼어난 사람을 일컫는 신조어다. 우리 집에도 그 잘난 얼굴 천재가 있다. 이 잘생김에 이젠 적응할 때도 됐는데 매번 볼 때마다 감탄이 나오는 건 왜일까. 엄마는 알감이의 외모에 푹 빠진 나를 보며 "잘생긴 게 밥 먹여 주냐?"라며 혀를 찼다.

"무슨 소리야? 잘생긴 애가 내 밥을 왜 먹여줘. 내가 먹여줘야지" 하고 알감이에게 간식 주는 시늉을 하니 엄마가 깔깔 웃었다.

얼굴은 타고난다지만 알감이는 평소에도 자기 관리에 철저하다. 올바른 식습관은 물론, 먹는 만큼 활동량이 비례해서 늘 적정 체중의 건강한 몸매를 유지하고 있다. 거기에다 애교도 많고 모난 구석 없이 순한 성격까지 다 갖춘 완벽한 고양이다. 이렇게 줄줄 늘어놓고보니 내가 왜 팔불출 소리를 듣는지 알 것 같다.

○

'알감자'란 감자와 알감이를 합쳐서 부르는 애칭이다. 둘은 누가 봐도 형제로 보일 만큼 서로 쏙 빼닮았다. 그런 두 아이를 처음 보는 사람들은 누가 감자이고, 누가 알감인지 분간이 어렵다며 구별하는 방법을 물어오곤 한다.

자, 그러면 감자와 알감이 구분법을 알려주겠다. 감자는 앞머리가 오른쪽으로 치우쳤고 오른쪽 입가에는 옅은 짜장이 묻어 있다. 주둥이가 갸름하게 떨어지는 예쁜 삼각형 얼굴형이라 사람으로 따지면 훈남상이라고 할 수 있겠다.

반면 알감이는 정갈한 앞머리 가르마를 했고 왼쪽에 짙은 짜장이 묻어 있다. 알감자처럼 동그란 얼굴형 속에 동그란 눈, 까만 코, 도톰한 주둥이의 완벽한 조합. 잘생긴 배우상이 떠오른다. 초보 단계라면 입가에 묻은 짜장으로 구별해보기를 추천한다.

포기란 없다

　　구마는 길에서 살던 시절부터 남녀노소 불문하고 모든 이에게 사랑둥이로 통했다. 한데 유일하게 구마를 좋아하지 않는 고양이가 있었으니, 첫째 디디다. 외동 성향이 강한 디디는 어릴 때부터 함께 큰 도도에게만 유일하게 곁을 내어줬다.

　　그런 디디에게 관심을 받고 싶어 안달이 난 구마는 시종일관 배를 보이며 애교를 부리는가 하며, 초롱초롱한 눈빛을 보내어 나 좀 보라는 듯 야옹야옹 울어댔다. 그만 좀 하라며 디디가 하악질과 앞발 펀치로 밀어내도 구마는 포기하지 않고 악착같이 애교를 부렸다.

　　이쯤 되면 구마도 '네가 날 안 받아주고 배겨?' 하고 작정하듯 들이대는 것 같다. 다만 디디는 구마를 싫어하는 건 아니고, '애교 부리는 구마'를 싫어할 뿐이다. 과연 디디가 언제 구마에게 넘어갈지, 아니면 구마가 언제 포기할지 궁금하긴 하다.

머리 뜯는 고양이

삐삐는 고양이들과 나누는 스킨십은 좋아하지만 나와 하는 스킨십은 매우 싫어한다. 쓰다듬기라도 하면 손을 깨물기 일쑤이고, 안으려 다가가면 일찌감치 눈치채고 재빨리 저만치 달아나버린다.

그런 삐삐가 유일하게 먼저 내게로 다가오는 순간이 있는데, 엎드려 누워 인간 방석을 자처할 때이다. 스마트폰 삼매경에 빠져 딴짓을 하고 있으면 어느새 다가와 내 등에 폴짝 뛰어 올라온다. 너무 푹신해서 고양이들이 떠날 줄 모른다는 '마약 방석'이 있다는데, 그 방석과 동일한 취급을 받고 있지만 나름 삐삐와 교감을 나눌 수 있어서 좋기는 하다.

물론 삐삐 입장에서는 마약 방석을 대신하는 '마약 등짝' 정도에 불과하겠지만, 나는 이 순간을 교감이라고 예쁘게 포장하려다. 귓가에 닿는 숨소리와 등에서 느껴지는 따뜻한 온기, 작은 움직임

하나하나가 온전히 느껴지기 때문이다.

평화로운 시간도 잠시, 내 머리카락을 고양이 털로 착각한 건지 삐삐는 언니 오빠들에게 해 주듯이 그루밍을 가장한 물어뜯기를 해댄다. 두피가 당기는 통증에 손을 뒤로 뻗어 말려도 보지만, 악착같이 등에 매달려 있는 힘껏 또 뜯는다. 나도 이렇게 아픈데 아이들은 삐삐에게 그루밍을 받을 때마다 괜찮은 걸까?

머리를 쥐어뜯긴 이후로는 후드 티셔츠에 달린 모자를 뒤집어써서 머리카락을 꼭꼭 숨기고 등을 내어준다. 그러면 삐삐는 마치 머리카락을 어디 숨겼나 찾기라도 하듯 앞발로 내 뒤통수를 탁탁 치곤 한다. 분명 삐삐가 앉아 있는 곳은 내 등인데, 마치 머리 꼭대기에 앉아 있는 것 같은 건 기분 탓일까?

엄마의 변화

예전의 엄마는 고양이를 무척 싫어했다. 다른 동물은 다 괜찮지만 고양이만큼은 절대 안 된다고 말씀할 정도로 고양이에 대한 부정적인 선입견이 컸다. 심지어 사람이 키워서는 안 되는 요사스러운 동물이라 여겼다. 그런 엄마를 설득해서 우여곡절 끝에 디디를 데리고 오게 되었지만, 처음엔 좀처럼 정을 주지 않으셨다.

아마 디디도 그걸 아는 듯했다. 하루는 자고 일어나니 엄마의 머리맡에 디디가 좋아하는 장난감이 자질구레 놓여 있었다. 어젯밤만 해도 다른 곳에 있었는데, 간밤에 디디가 가져다 놓은 것이다.

"엄마, 디디가 놀아달라고 하는 건가 봐."

그 말에 엄마도 내심 싫지 않았는지 머리맡에 있던 장난감을 요령 없이 흔들었다. 그때부터 엄마는 디디에게 마음의 문을 열기 시작했고, 고양이는 요물이 아니라 영물이라고 했다.

디디를 키우며 반려묘에 대한 엄마의 선입견은 많이 사라졌지만, 길고양이는 그리 예뻐하지 않았다. 내가 갓 길고양이 밥을 챙기기 시작하자 돈이 남아도느냐며, 차라리 그 돈으로 디디 간식을 하나 더 사라고 할 정도로 못마땅해하셨다.

하루는 길고양이 사료와 캔을 챙겨 분주하게 나갈 채비를 하는데, 엄마가 비가 많이 오고 늦은 시간이라 위험하다며 같이 나가자고 했다. 늘 혼자 움직였던 나는 처음으로 엄마와 함께 구마와 감자를 찾아갔다. 제법 비가 쏟아지는데도 내 발소리를 듣고 달려오는 두 아이의 모습에 엄마는 "무슨 길고양이가 디디보다 애교가 많으냐"며 신기해했다.

마성의 매력을 지닌 구마에게 홀딱 빠진 엄마는 그 후로도 종종 같이 밥을 주러 따라나섰고, 두 아이와 마주하는 시간이 많아지면서 서서히 길고양이들을 향한 인식이 바뀌었다.

지금은 그 누구보다 고양이를 사랑하는 사람이 된 엄마는 늘 말한다. 세상에 고양이만 한 게 없다고. 그런 엄마의 변화를 보며, 세상에 절대 변하지 않는 것은 없다고 느낀다.

○

도도가 갓 성묘가 되었을 때쯤 이틀 동안 밥을 거르고 소변을 보지 못해서 종합 검진을 받았다. PKD, 즉 다낭성 신장 질환이라는 너무도 생소한 병명이었다. 신장에 낭종이 생기면서 기능이 떨어지고, 나중에는 신부전 증상이 진행된다고 했다. 약 먹으면 금방 나을 가벼운 방광염 정도로만 생각했지, 저 작은 몸에 병을 안고 있을 줄은 꿈에도 몰랐다. 원장님이 초음파 사진을 보여주며 병에 대한 설명을 자세하게 들려주셨지만 전혀 귀에 들어오질 않았다. 어떻게 받아들여야 할지 몰라 넋이 나간 채 멍하니 있다가 곧 마음을 가다듬었다.

"큰 병 아니죠? 나을 수 있죠?"

그저 나을 수 있다는 확답만 듣고 싶었지만 원하는 답을 듣지 못했다. 한번 생긴 낭종은 개수가 늘어가거나 크기가 점점 커지는

데, 안타깝게도 치료 방법은 없다고 했다. 그 말에 가슴이 무너졌다.

집으로 돌아오자마자 인터넷으로 검색해서 '신장질환을 이긴 고양이' 카페에 가입했다. 노묘가 되면서 신장 기능이 떨어져 신부전을 앓고 있는 고양이, 후천적으로 병이 생긴 고양이, 도도처럼 선천적으로 PKD라는 병을 가지고 태어난 고양이… 신장과 관련된 질병을 앓고 있는 환묘들이 많았다. 아픈 고양이를 돌보면서 심리적으로 힘들 텐데도 고민을 나누고 응원하는 따뜻한 말에 큰 위로가 되었고 지금까지도 여러 조언을 듣고 있다.

고양이에게 가장 중요한 건 음수량이라고 했다. 그래서 고양이용 정수기 세 개와 투명 수반 여러 개를 집 곳곳에 두었다. 대개의 고양이는 물을 먹지 않아 고민이라던데, 도도는 음수량 만큼은 걱정이 없었다. 그 외에 따로 습식 식단과 신장 보조제를 매일 먹이고 있다. 일 년에 두 번 정기 검진을 받는데 한쪽 신장은 낭종의 크기가 커졌지만 다른 쪽 신장은 첫 검사 때의 상태를 유지 중이다. 그나마 불행 중 다행이다. 비록 완치할 수 없고 언젠가 신부전이 올 거란 걸 알지만 그 시간이 최대한 더디게 오도록, 도도가 건강한 모습으로 내 곁에 1분 1초라도 더 있어 주길 바라며 할 수 있는 최선을 다하려 한다.

어릴 적 삐삐는 밥상머리 예절이 눈곱만큼도 없었다. 식탁 위로 올라와 달걀 프라이를 몇 번이나 물고 도망간 '상습 절도묘'이기도 하고, 큰 아이들이 간식을 먹을 때면 꼭 제가 먼저 먹겠다고 작은 앞발로 언니 오빠들을 쥐어박으며 망나니처럼 굴었다. 보고 있으면 고개를 절레절레 저을 정도였다.

그 버르장머리는 평생 못 고칠 거라 생각했는데 최근 들어 삐삐가 변했다. 엄마가 여덟 개의 그릇에 간식을 담아 나이순으로 차례대로 놓아주는데, 예전의 삐삐라면 맏언니 디디 앞에 간식이 놓이자마자 빼앗아 먹고도 남았을 것이다. 한데 마지막 줄에 멀찍이 떨어져 앉아 기다리고 있는 게 아닌가. 당장이라도 먹고 싶어서 입맛을 다시고 있으면서도 말이다. 정녕 삐삐가 맞는지 내 눈을 의심했다.

마지막 순서까지 기다리기 힘든지 엉덩이를 들썩일 때면 엄마가 "삐삐, 기다려라" 하고 엄하지만 다정한 목소리로 훈계했다. 마지막 차례가 되어 제 앞에 간식 그릇이 놓이자 그제야 먹기 시작했다.

그 후로도 계속된 엄마의 "기다려라" 훈련이 통했는지 삐삐는 이제 제법 간식 앞에서 기다릴 줄 안다. 그 좋아하는 스틱형 간식을 줄 때도, 먹고 싶어서 코를 벌름거리면서도 마지막 순서까지 기다리며 애쓰는 모습이 그렇게 기특할 수 없다.

엄마의 특별 훈련 덕분에 큰 아이들이 간식을 좀 더 편하게 먹을 수 있게 되었다. 하지만 마냥 아이 같던 삐삐가 조금씩 철이 들어가는 모습이 아쉬운 건 왜일까?

집사도 공부가 필요해

○

첫째인 디디와 함께 살기 시작한 지 얼마 안 되어 아직 고양이의 습성에 대해 잘 모를 때였다. 하루의 반을 회사에서 보냈던 터라 제대로 놀아주지도 못해서, 늘 방에서 나만 기다리는 디디가 외로워 보였다. 고양이도 강아지처럼 산책을 시켜주면 좋아할 줄 알고 늦저녁에 함께 산책을 갔다.

가슴 줄을 튼튼하게 착용하고 한적한 골목을 걷는데, 디디는 첫 외출인데도 움츠러들지 않고 연신 두리번대며 한 발짝씩 조심히 발을 내디뎠다. 그 모습을 보며 호기심이 왕성한 디디가 산책을 즐기는 줄로만 알았다. 그 뒤로도 종종 함께 밤 산책을 나섰다.

한데 얼마 지나지 않아 디디가 설사를 하는 게 아닌가. 특별히 바뀐 식단도 없는데 왜 이럴까 곰곰이 생각해보았다. 최근 며칠간 디디의 일상에서 변수라면 산책밖에 없었다. 사흘간 이어온 산책을 멈췄더니 다음 날부터 다행히 정상적인 변을 보았다. 디디가 산책을 원하는 것처럼 보였던 건 그저 내 생각일 뿐, 실제로는 스트레스를 받고 있었구나 생각하니 미안했다.

고양이의 습성에 대해 공부하면서, 산책을 필수로 해야 하는 개와 달리 영역 동물인 고양이에게는 산책이 굳이 필요하지 않다는 걸 뒤늦게 알았다. 돌발상황이 생겨 몸줄을 놓치면 영영 고양이를 잃어버릴 수도 있는 위험한 일임을 알고 얼마나 놀랐는지 모른다.

돌이켜 생각해보면 첫 고양이 디디에게 수많은 실수를 저질렀다. 그 실수를 통해 고양이에 대한 많은 걸 배웠고, 덕분에 지금은 고양이를 위할 줄 알게 되었다. 다른 아이들을 떠올리면 웃음부터 나오지만, 디디를 생각하면 잘해준 것보다 못한 게 너무 많아 눈물이 먼저 나온다. 디디에게 바라는 건 하나뿐이다. 지난 실수를 만회할 수 있도록 더 잘할 테니까 오랫동안 내 곁에 있어 주길. 그리고 다음 생에 또 내 고양이로 와 주었으면. 그때는 준비된 집사인 내가 기다리고 있을 테니까.

○

한번은 알감이가 스파이더맨 놀이를 하다가 날카로운 발톱이 커튼에 걸려 사고가 난 적이 있다. 매달린 발톱을 빼내려고 혼자 얼마나 용을 썼는지 발톱 하나가 옆으로 틀어져 큰 통증을 호소했고, 한동안 염증약을 바르고 넥 칼라를 쓰는 신세가 되었다. 하필이면 비슷한 시기에 도도까지 발톱이 댕강 날아가 피를 봤다.

보통 이런 경우 날카로운 발톱이 원인이 되어 사고가 생기는데, 예방하려면 실내 생활을 하는 고양이는 보호자가 발톱 손질에 늘 신경을 써야 한다. 긴 발톱을 방치하면 날카롭게 자라서 안쪽으로 구부러지면서 연한 살을 찌르기도 하고, 발톱이 어딘가에 걸려 알감이와 도도처럼 생각지 못한 사고가 일어날 수도 있다. 특히 다묘 가정인 우리 집은 고양이들끼리 투닥거리며 장난치다가 발톱이 눈을 찌른 적도 몇 번 있어서 더더욱 신경을 써야 했다.

이러한 사고를 막고자 한 달에 두 번 '디도네 네일숍'을 오픈한다. 당일 예약묘가 여덟이나 되기 때문에 첫 고객은 가장 협조적인 구마, 감자, 알감이로 시작한다. 여느 고양이는 뒷발을 만지면 싫어하기 마련이지만 나에 대한 신뢰가 깊은 세 아이는 뒷발을 손질할 때도 얌전히 품에 안겨 있다.

금세 세 아이의 발톱 손질을 끝내고 나면 곧바로 디디와 도도 차례. 다루기가 꽤 수월한 편인 디디와 도도는 뒷발만 오래 붙잡고 있지 않으면 금방 발톱 손질을 마칠 수 있다.

가장 까탈스러운 고객인 도, 레, 삐삐를 상대할 땐 진땀이 절로 난다. 겁이 많은 도는 품속에 파고들어 발을 꼭꼭 숨기는 바람에 어르고 달래야 겨우 발을 내어준다. 힘이 센 레는 시작과 동시에 뒷발로 내 가슴팍을 차고 멀찍이 달아난다. 얄밉게 도망가는 레를 겨우 붙잡고 발톱을 깎으면 집이 떠나가라 울어대는 통에 한쪽 귀가 얼얼하다.

마지막 차례는 가장 난이도 높은 삐삐다. 뭐가 그리 못마땅한지 내 손등을 마구잡이로 깨물어댄다. 시작은 살살 물지만 앞발을 끝내고 뒷발 차례가 되면 무는 강도가 세져서 손등에 푹 파인 이빨 자국이 선명하게 남을 정도다. 제일 까다로운 진상 고객을 내보내면서 간신히 네일숍 영업을 종료한다. 아휴, 빨리 셔터 내려야지!

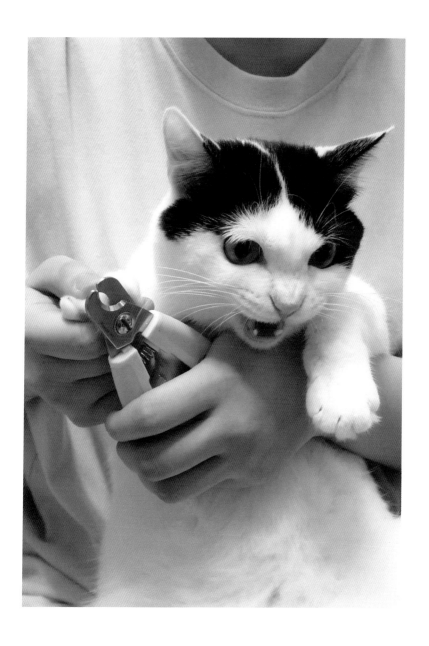

오랜만에 대형 사고를 쳤다. 오래전 삐삐를 처음 발견했던 그때처럼 곰팡이 피부병으로 뒤덮인 새끼 고양이를 구조해버린 것이다. 살아보겠다고 혼자 얼마나 용을 쓰고 다녔는지 발가락마다 핏방울이 맺혀 팅팅 부어 있었다.

녀석은 보기만 해도 아파 보이는 그 발로 내 바짓단을 붙잡고, 살려달라는 듯 품에 안겨 왔다. 몇 번을 떼어내도 다시 다리를 타고 올라와 겨드랑이 사이로 파고드는 통에 차마 떨쳐낼 수가 없었다. 정신을 차리고 보니 이미 녀석을 데리고 집까지 와 버린 후였다. 엄마는 나와 시커먼 새끼 고양이를 번갈아 보며 "어떻게 감당하려고 또 일을 저질렀냐?" 하고 꾸짖으며 화를 내셨다.

'아니, 따지고 보면 내가 데려온 게 아니라 애가 나한테 매달린 건데….'

억울한 면이 없지 않았지만 엄마의 화를 돋울까 봐 하고 싶은 말은 속으로만 삼켰다. 언젠가 본 것 같은 익숙한 상황이지만, 엄마를 설득해서 새끼 고양이가 다 나을 때까지만 임시 보호를 하겠다고 약속하고 간신히 허락을 받았다.

엄마는 삐삐 때와 똑같은 이 상황이 진절머리난다며 화를 내다가도 "저 아가 대갈빼기는 왜 저러노?" 하며 걱정스러운 눈으로 살폈다. 곰팡이 피부병 때문에 정수리 한가운데 동그랗게 털이 빠졌는데, 그 모습을 보고 거북이를 닮은 일본 요괴 '갓파'가 떠올라 이름은 자연스럽게 갓파로 정했다. 갓파는 치료가 끝날 때까지 우리 집에서 임시 보호 고양이로 머물게 되었다.

'이번에는 정말로 임시 보호만 해야 해. 아홉째까지 들일 수는 없잖아.'

갓파를 가장 먼저 마주하게 된 고양이는 삐삐였다. 배가 고파서 야옹야옹 목청 높여 울어대는 소리를 듣고 갓파가 격리된 방으로 들어온 것이다. 삐삐는 동공을 확 키우더니 낯선 고양이의 냄새를 킁킁 맡았다. 같은 임보 경험자에 곰팡이 피부병 선배로서 너그러이 받아줄 거라는 예상과 달리 생전 하지도 않던 하악질을 연달아 하더니, 당황한 낯빛으로 뒷걸음질 치며 도망가는 게 아닌가.

갓파를 보이지 않는 곳에 숨겨두고 잔뜩 예민해진 삐삐를 품에 안아 달랬다. 옷에 밴 갓파의 냄새가 화를 더 돋웠는지, 삐삐는 미간에 힘을 주고 온갖 짜증을 냈다. 생각지 못한 삐삐의 반응에 진땀이 저절로 났다. 나는 우리 집 고양이들이 여러 번의 합사를 거치면서도 서로 잘 어울려준 까닭에, 삐삐도 갓파를 어렵지 않게 잘 받아줄 거라고 안일하게 생각했다. 정작 삐삐에게는 낯선 고양이와의 대면이 처음이라는 것을 새까맣게 잊은 것이다.

나의 짧은 판단과 실수 때문에 삐삐에게 갓파의 첫인상은 그리 좋지 못했다. 갓파와의 첫 만남 이후로 삐삐는 나에게도 단단히 뿔이 났다. 하악질은 기본이고 제 몸에 손가락 하나 닿지 못하게 하며 주먹질도 서슴지 않았다. 인상은 또 얼마나 험악하게 구기고 다니는지, 옆에 있으면 오금이 저렸다.

삐삐의 미간에 희미하게 자리 잡았던 주름은 날이 갈수록 깊어만 갔고, 보톡스 시술로도 펴기 어려울 지경이 되었다. 큰 아이들은 차차 갓파를 받아주기 시작했지만 삐삐의 저기압 상태는 2주 가까이 계속되었다. 개구리 올챙이 적 생각 못 한다더니, 딱 삐삐를 두고 하는 말인가 보다. 엄마의 허락까지도 얻은 갓파의 입보에 이런 복병이 나타날 줄이야.

갓파의 변비 탈출

삐삐를 갓 데리고 왔을 때도 손이 여간 가는 게 아니었지만, 그때의 삐삐보다 훨씬 작은 갓파는 더더욱 사람의 손길이 필요했다. 아직 젖을 떼지 못해서 서너 시간에 한 번씩 분유를 먹여야 했고, 틈틈이 배변 유도를 해줘야 했다. 어미의 보살핌이 있었다면 영양가가 충분한 모유를 먹고 어미가 항문을 핥아줘서 어렵지 않게 변을 보았을 텐데, 엄마 아닌 사람의 손길이 불편한지 갓파는 좀처럼 변을 보지 못했다. 배 마사지를 해 주고 따뜻한 물을 적신 거즈로 항문을 자극해 배변을 유도했지만 소용없었다. 오히려 거즈의 자극 때문에 항문이 빨갛게 부어 아파하기까지 했다.

닷새 동안 변을 보지 못한 갓파는 기어코 순막을 드러내고 기운 없이 웅크리고 있다가 꾸역꾸역 속을 게워냈다. 새끼 고양이는 변비만으로도 하루아침에 잘못되는 경우가 있다고 해서 급히 병원으로 갔지만, 너무 어려서 딱히 해 줄 수 있는 게 없다는 말을 듣고 돌아올 수밖에 없었다. 축 늘어진 갓파의 배를 만져주며 꼭 쾌변을 해 주길 바랐다.

며칠 후 드디어 갓파가 변을 보았다. 아침잠이 많아서 알람 소리에 잘 못 깨는 편인데 코를 찌르는 지독한 냄새에 눈이 절로 떠졌다. 저 작은 몸에서 나왔다는 게 믿기지 않을 정도로 굉장한 양의 변이 화장실 모래 위에 널려 있었다. 심 봤다! 그 와중에 똑똑하게 화장실을 사용한 갓파가 기특했다.

몸속에 있던 묵은 변을 배출해 낸 갓파는 전보다 훨씬 가벼워진 몸으로 신나게 뛰어다녔다. 지금이야 웃으면서 이야기하지만 그때는 지옥과 천국을 몇 번이나 오갔는지 모른다. 당시 인스타그램을 통해 지켜보신 이웃 분들도 갓파의 변비를 함께 걱정했는데 쾌변 소식을 전하면서 폭발적인 축하를 받았다. 본의 아니게 만천하에 '똥쟁이'로 소문 난 건 갓파에게 비밀로 하자.

산 넘어 산이라는 속담처럼, 변비 탈출을 한 갓파는 곧바로 곰팡이 피부병 치료에 들어갔다. 삐삐보다 더한 피부병 때문에 병원에 갈 때마다 머리 한가운데를 비롯해, 몸통 곳곳의 털을 밀어야 했다. 이마부터 뒤통수까지 이발기로 털을 싹 밀어 민머리가 된 갓파의 모습이 안쓰러우면서도 너무 귀여워 웃음이 났다.

하루에 두 번 약 먹이고 소독하고 연고 바르기를 비롯해 일주일에 두 번 약욕 샴푸로 어린 시절의 삐삐와 똑같이 관리를 해 주었다. 삐삐도 한때 피부병으로 고생했지만 지금은 아팠던 흔적이라곤 눈 씻고 봐도 없으니, 갓파도 이 고비만 잘 넘기면 좋은 가족을 만날 수 있으리라 생각하며 성심성의껏 돌보았다.

삐삐 때도 겪어서 오랜 투병이 되리라 짐작했지만, 이놈의 곰팡이균은 지긋지긋하리만큼 갓파의 몸에 오래 붙어 있었다. 곰팡이 치료를 시작한 지 두 달 가까이 되어서야 비로소 피부가 깨끗이 낫고, 치료하느라 빡빡 밀었던 속살에도 털이 자라나기 시작했다.

갓파의 피부병이 다 나아갈 때쯤, 곰팡이균은 나에게로 옮겨왔다. 전신으로 퍼진 피부병 때문에 한동안 애를 먹었다. 이 가려움은 겪어보지 못한 사람은 모를 것이다. 간지러워서 잠결에 뒤척이기도 하고, 한번 가렵기 시작하면 자꾸만 손이 가서 피가 날 정도로 긁게 되어 지금까지도 흉이 남았다. 나도 이렇게나 가려운데 갓파는 말도 못 하고 오죽했을까.

힘들게 갓파의 곰팡이 피부병을 치료했는데, 나한테 옮아 온 곰팡이균이 다시 갓파에게로 전염될지도 모른다는 걱정이 들었다. 결국 갓파는 큰 고양이들이 있는 방에서 한동안 지내게 됐다.

나와 한 방에서 지낼 때는 마냥 아기 같다고만 생각했는데 고양이 방에서 지내게 된 갓파를 보니 이제 좀 고양이다운 모습이 보였다. 하는 짓은 또 어찌나 삐삐를 닮았는지. 갓파를 지켜보고 있으면 어린 시절의 삐삐가 절로 떠올랐다. 카리스마가 느껴지는 디디와 도도에게는 꼼짝 못하면서 만만한 고양이는 귀신같이 찾아내 '막내 라인'인 감자, 도, 레, 알감이, 삐삐에게 수시로 장난을 걸었다.

하지만 모성애가 강한 구마에게서는 엄마의 품을 느꼈는지 유난히 살갑게 굴었다. 그걸 보면서 '우리 삐삐도 그랬지' 하고 옛 생각에 잠기곤 했다. 여전히 갓파를 탐탁지 않게 여긴 삐삐는 미간에 힘을 주고 다녔다. "내가 막내여야 해. 우리 집 막내는 나뿐이라고!"

라며 표정으로 시위하는 듯했다.

    심기 불편한 삐삐의 마음을 아는지 모르는지 갓파는 발랄한 몸짓으로 달려들었다. 어린아이의 철없는 도발이니 무시하면 될 것을, 삐삐 역시 지지 않고 반응하니 거기에 재미를 느낀 듯했다. 심지어 갓파는 삐삐 앞에 놓인 트릿 간식을 재빠르게 낚아채 약 올리듯 맛있는 소리를 흠냐흠냐 내며 먹기까지 했다. 저렇게 투닥거리다 정이 들면 어쩌려고…. 그런데 삐삐야, 저런 모습 어디서 많이 본 것 같지 않니?

엄마는 털빛이 어두운 고양이를 사람들이 싫어할 거라 지레짐작
했다. 갓파를 처음 본 날도 "이 시커먼 걸 누가 데리고 가겠냐?"라며
입양 걱정부터 하셨다. 하지만 그 걱정이 무색하게도 갓파의 입양 가
족을 일찌감치 찾게 됐다. 예전부터 나와 인연이 있던 분이었다.

3년 전, 길고양이였던 구마와 감자가 지내던 집에 겨우 숨만 붙
어 쓰러져 있던 새끼 고양이가 있었다. 비쩍 마른 몸에 허피스를 비
롯해 범백 진단을 받았지만 작은 몸으로 씩씩하게 모든 병을 이겨
냈다. 성묘는 범백을 이겨낼 확률이 높지만 2개월도 되지 않은 새
끼 고양이는 치사율이 상당히 높은데 기적처럼 나았고, 일찍 가족
을 만났다. 기적을 이룬 고양이의 이름은 뚜가 되었다.

한데 뚜를 입양한 분이 갓파를 둘째로 들이고 싶다고 연락 주신
것이다. 갓파가 아니면 안 된다는 진심이 와 닿았고, 여기라면 믿고

보낼 수 있다는 확신이 들어 어렵지 않게 결정했다. 생각보다 일찍 새 가족에게 떠날 날이 정해지자, 얼마 남지 않은 시간이 애틋하게 느껴졌다.

다가올 이별을 느끼기라도 했는지 삐삐는 갓파와 어울려 술래잡기를 하고 밤새 우다다를 하며 엎치락뒤치락했다. 심지어 그루밍까지 해 주었다. 도대체 저 녀석이 누구냐며 야단법석 떨때는 언제고, 인제 와서 무슨 마음의 변화가 생긴 건지⋯. 곧 떠나보내야 하는데, 갓파와 날로 정이 깊어가는 아이들을 보니 마음이 무거웠다.

갓파와의 마지막 날 밤, 엄마와 나란히 앉아 그동안 갓파가 커 온 모습이 담긴 사진과 영상을 보았다. 작은 귀를 팔락이며 간신히 분유를 먹던 아이가 이유식을 거쳐 사료를 먹고, 300g이 갓 넘던 가냘픈 몸이 2kg에 달하고, 구루병으로 굽었던 다리에 힘이 생겨 우다다를 하고, 곰팡이 피부병이 완치되기까지 두 달이 걸렸다. 엄마와 나는 슬픈 마음을 지우기 위해 "우리 갓파가 용 됐다"고 애써 웃으며 새벽까지 잠을 이루지 못했다.

결코 갓파가 삐삐보다 덜 예뻐서, 부족해서 다른 집으로 입양을 보내는 게 아니었다. 내가 감당할 수 있는 건 여덟 아이까지였기 때문이다. 갓파마저 가족이 된다면 더 잘할 자신이 없었다. 부족한 내 곁에 있느니, 확신을 가지고 갓파를 가족으로 맞이하고 싶어 하는 입양자에게 보내는 게 옳다고 생각했다. 다가올 이별이 무서웠지만 갓파를 위한 최선의 선택이라고 마음을 다잡았다.

갓파가 떠나는 날, 가족들과 마지막 인사를 하고 새 가족이 기다리는 곳으로 향했다. 마지막이라는 걸 아는지 이동장 속에서 서글프게 우는 소리에 덩달아 코가 시큰해졌다. 잘 적응할 수 있을까, 기가 죽어서 며칠 동안 굶으면 어쩌지. 별별 생각이 들었지만 막상 입양처에 도착하니 제 집인 걸 아는지 경계도 하지 않고 곳곳을 누비고 다녔다. 그릇에 담긴 사료를 거침없이 먹고, 장난감을 물고 오는 여유까지 보였다. 오히려 당황한 건 그 집의 첫째 고양이 뚜였다.

저를 두고 가야 할 나를 아는지 괜찮다고, 걱정하지 말라고 말하듯 갓파는 씩씩한 모습을 보였다. 방금까지만 해도 먹먹한 감정이 가슴을 조였지만, 의연한 갓파를 보니 홀가분한 마음으로 돌아올 수 있었다.

빈 이동장을 들고 집으로 들어서니 엄마가 눈시울을 붉히며 잘 보내주고 왔냐고 물으셨다. 목소리엔 물기가 어려 있었다. 표현은 퉁명스럽게 하시지만 엄마는 정 많고 사랑 넘치는 분이었다. 회사에 있는 시간이 길고 새벽잠이 많은 나를 대신해 갓파에게 분유를 먹이고, 함께 보낸 시간이 더 길었던 엄마는 아마 나보다 더 가슴이 미어졌을 것이다.

지금도 종종 갓파가 보고 싶다고 하시는 걸 보면 엄마는 아직도 갓파 후유증에서 벗어나지 못한 듯하다. 엄마도 엄마지만 유달리 갓파를 잘 받아준 도 역시 빈자리를 느꼈는지 한동안 기운이 없었다. 고양이 방에 들어가면 가장 먼저 달려 나와 애교를 부리는데, 갓파가 떠난 후로 도는 식탁 밑에 멍하니 엎드려 있는 시간이 많았다.

그런 도를 위해 갓파가 새 집에서 지내는 모습을 영상으로 보여주었더니 한동안 화면에서 눈을 떼지 못하고 오랫동안 눈에 담았다. 말만 못 할 뿐 다른 아이들도 갓파가 떠났음을 느끼고 있는 듯했다.

나 또한 잠들기 전 곁에서 함께 자던 갓파의 모습이 떠올라 며칠 동안 베갯잇을 적셨다. 조그마한 고양이의 빈자리가 이렇게 클 줄이야. 일주일 내내 가슴 한가운데 구멍이 난 것처럼 갓파 후유증이 이어졌다. 시간이 지나면서 자연스럽게 제자리로 돌아올 수 있었다. 지금은 '꼬야'라는 새 이름으로 사랑받으며 행복하게 사는 갓파를 보면서 '역시 새 가족을 찾아 주길 잘했어' 생각하며 뿌듯함을 느꼈다.

말괄'냥이' 삐삐

○

늘 '이번뿐이야' 하고 다짐하지만 어쩔 수 없는 상황 앞에서는 임보를 하게 된다. 새끼 고양이도 있고 성묘도 있지만, 임보할 때 여덟 아이들도 스트레스를 받지 않도록 많이 신경 쓴다. 그런데 유독 새끼 고양이 앞에서는 재미난 반응을 보이는 녀석이 바로 도도다.

얼마 전 요요, 요다, 요미라고 임시로 이름 지은 새끼 고양이를 임보하게 되었던 때도 그랬다. 캣휠 망나니로 이름난 도도지만, 새끼 고양이들 앞에서는 유독 약했다. 이 무렵 도도의 만면에는 수심이 가득했다. 셋이나 되는 도전자들이 캣휠을 정복하려 든 것이다. 깃털마냥 가벼운 몸이라 캣휠이 꿈쩍도 하지 않는데, 호기심이 왕성한 새끼 고양이들은 조그마한 발을 굴리며 힘을 합쳐 휠을 돌리는 데 여념이 없었다.

졸지에 가장 좋아하는 장난감을 빼앗긴 도도는 이내 안절부절 못하며 엉덩이를 들썩였다. 삐삐였다면 진즉 하얀 솜방망이를 가차 없이 날렸을 텐데, 작디작은 새끼 고양이들이라 차마 밀어내지 못한 듯싶었다. 가만히 지켜보니 그 좋아하던 캣휠을 슬며시 양보하는 게 아닌가. 뜻밖의 배려에 놀라움을 금치 못했다. 도도는 캣휠 앞에서 끙끙 앓는 소리를 내면서 자신과의 싸움을 하고 있었다.

하지만 참아주는 기간은 더도 말고 덜도 말고 딱 두 달뿐이었다. 두 달이라는 기간 동안 임보 고양이들이 눈에 띄게 자라서 청소년기로 접어들자, 그때부터 도도는 영락없는 캣휠 망나니의 본모습으로 돌아왔다.

가르쳐주지 않았지만 자신보다 약한 어린 고양이에게 배려해야 한다는 걸, 도도는 알고 있었다. 이럴 때 보면 고양이가 사람보다 낫다 싶다.

뀨뀨

뀨다

뀨미

펭권 앞발의 용도

고양이 다음으로 내가 좋아하는 동물은 펭권이다. 펭권이 등장하는 애니메이션 영화 개봉 소식을 듣고, 개봉일 당일에 영화관을 찾아 영화를 볼 정도로 좋아했다. 아동용 애니메이션으로 소문난 바람에 아이들 사이에 끼어 보아야 했지만 개의치 않았다.

최근에는 펭권 이야기를 다룬 내셔널 지오그래픽 다큐멘터리 채널의 한 장면을 SNS에서 접한 적이 있다. 무리를 지어 다니는 펭권들이 양쪽 날개를 펼치고 뒤뚱뒤뚱 걷는 귀여운 모습에 시간 가는 줄 모르고 푹 빠져 봤다. 그중 삐삐를 연상시키는 재미있는 자막이 기억나서 적어 본다.

"펭권은 날지 못하며, 납작하고 딱딱한 날개를 두 가지 용도로만 사용하는데, 첫째는 '수영'이고 둘째는 '때리기'입니다."

날개를 때리기 용도로 사용한다는 게 너무 뜻밖의 사실이라 웃다가, 우리 집에도 생김새나 행동이 펭귄과 판박이인 고양이가 있다는 사실이 떠올랐다. 삐삐도 후자처럼 '때리기' 용도로 앞발을 주로 사용한다. 뒷발로 몸을 지탱하고 두 발로 서서 파닥파닥 앞발을 휘두르는데, 그 모양새가 황제펭귄이 동료 펭귄을 때릴 때 하는 날갯짓을 쏙 빼닮았다. 흰 바탕에 등에는 검은 무늬가 있는 것도 펭귄과 비슷하지만, 유독 도드라진 통통한 배와 범접할 수 없는 근엄한 표정까지 그렇게 펭귄과 닮을 수가 없다.

성질이 난 삐삐가 공격 모드로 접어들면 두 발로 서서 '펭귄 삐삐'로 변신하는 걸 볼 수 있다. 내가 가장 귀여워하는 모습 중 하나다.

　막내 삐삐를 사랑하지만 가끔은 내 마음만큼 나를 따르진 않는 것 같아 서운한 점도 있다. 사실 삐삐 입장에서 생각하면 그럴 만한 이유가 있다. 끈끈한 유대 관계를 형성해야 하는 임보 초기, 이 중요한 시기에 어쩔 수 없는 악역을 맡았기 때문이다. 곰팡이 피부병 균이 득실거리던 때라 소독 후에 연고를 발라 줘야 했고, 감기에 걸렸을 땐 억지로 입을 벌려 약을 먹이는가 하면, 극도로 무서워하는 병원에 데리고 가는 것도 모두 내 몫이었다. 싫어하는 모든 일에 주로 내가 관련되어 있었으니 삐삐는 자연스럽게 나와 거리를 두었다. 모두 삐삐를 위해 한 일이지만, 그걸 알 리 없으니 그저 자길 괴롭히는 못된 인간이라고 인식했을 것이다.

　반면 삐삐가 좋아하는 거라면 다 해 주는 엄마는 삐삐의 사랑을 독차지하고 있다. 태생이 새침한 고양이라서 누구에게나 같은 태도로 대한다면 그나마 덜 섭섭했을 텐데, 나와 엄마를 대하는 삐삐 모습이 극적으로 달라서 가끔 이중인격이 아닌가 싶을 때가 있다. "내리사랑은 있어도 치사랑은 없다"는 속담이 있지만 엄마에게만큼은 예외였다.

고양이는 기분이 좋을 때 배를 보이고 발라당 드러누워 애정 표현을 하는데 삐삐의 발라당은 오로지 엄마 앞에서만 볼 수 있다. "기다려" "앉아" "손" 훈련을 받은 강아지처럼, 엄마의 "삐삐, 발라당" 소리만 들으면 기우뚱 옆으로 누워 배를 보이고 "꺄옹~" 하는 희한한 소리를 내며 데굴데굴 구른다. 몸짓이며 표정이며 목소리에 밴 애교가 사랑스럽기 그지없다.

나도 삐삐의 애정표현을 받고 싶어 엄마 곁에서 "삐삐야, 발라당~ 발라당" 하고 애타게 외쳐보지만 삐삐는 들은 척도 하지 않았다. 엄마가 "쿵" 하면 삐삐는 "짝" 한다. 쿵짝 잘 맞는 이 환상의 콤비 사이에 비집고 들어갈 틈이 도무지 없다. 서운한 티를 팍팍 내 보지만 삐삐에게 나는 안중에도 없고, 엄마와 삐삐 사이엔 깨가 와르르 쏟아질 뿐이다.

말괄'냥이' 삐삐

다묘 가정의 장단점

시끌벅적한 다묘 가정의 일상을 풀어놓는 내 인스타그램에 즐겨 와 주시는 분들은 북적이는 고양이들을 보며 신기해하거나 부러워하기도 하고, 나처럼 다묘 가정을 꿈꾸게 되었다는 사람들도 종종 있다. 인스타그램에 게시하는 영상과 사진은 극히 일부이며 예쁘고 귀여운 모습을 주로 게시하기 때문에 좋은 점이 두드러져 보이겠지만, 보이지 않는 힘든 점도 있다.

여덟 고양이 앞으로 들어가는 고정 지출 비용이 크게 늘면서 나에게 투자하던 비용을 줄여야만 했다. 옷이나 화장품, 전자제품 등 사고 싶은 게 생기면 꼭 사야 직성이 풀리는 성격이었는데 지금은 고민을 거듭해 꼭 필요한 것만 사려고 노력 중이다. 엄마는 평소 흥청망청 돈을 쓰던 나를 못마땅하게 여겼지만, 이제는 고양이들 덕분에 정신 차렸다며 대견하다 하셨다.

좋아하는 여행도 마음 편하게 다녀올 수 없어서 한 번 다녀오려면 큰 마음을 먹어야 한다. 여행으로 자리를 비우면 나를 대신해야 할 엄마의 일이 상당히 많아지기 때문에 긴 일정으로는 갈 수가 없다.

고양이들 뒷바라지와 끝없는 청소도 쉽지 않다. 디디와 도도만 있을 때도 털이 많았지만 다묘 가정이 되면서 숨만 쉬어도 털이 입으로 들어올 정도로 흩날렸다. 하루에 몇 번이나 쓸고 닦아도 나뒹구는 털은 상상 그 이상이다. 고양이 알레르기만 없었어도 이렇게까지 청소에 집착하지 않았을 텐데. 어쩌겠나, 이게 숙명인 것을.

반대로 다묘 가정의 장점도 있다. 사료, 간식, 장난감을 사면 어느 하나는 꼭 좋아해 주기 때문에 사냥 실패가 없다. 여러 아이들이 있는 만큼 성격들도 가지각색이라 심심할 틈이 없다. 덕분에 가족 간에 이야깃거리도 늘고 웃음이 많아졌다. 아이들이 많은 만큼 좋은 기운을 몇 배로 받고 있다.

가족이 되어 책임지기 위해 데리고 온 아이들을 두고 힘들다고 말하고 싶진 않지만, 여덟 아이들과 길고양이들까지 챙기고 오면 녹초가 되어 가끔은 버거울 때가 있다. 하지만 힘든 것과 맞바꿀 수 없는 아이들이 주는 행복이 더 크기 때문에 다묘 가정을 이룬 것을 결코 후회하지 않는다.

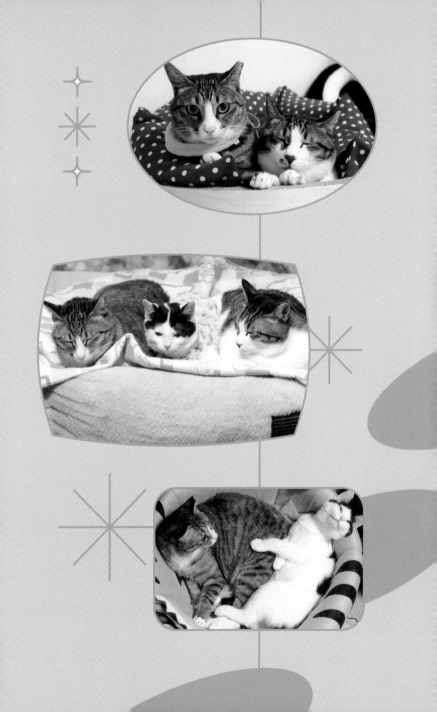

○

　친한 캣맘 언니가 관리하는 길고양이 급식소에서 뇸이를 처음 만
났다. 맛있는 걸 먹을 때면 "뇸뇸" 소리를 내서 뇸이라고 불렀는데, 너
무 말라 걷는 것도 힘겨워 보였고 늘 지친 얼굴이었다. 다른 길고양이
들은 밥을 먹고 나면 미련 없이 떠나지만 뇸이는 꼭 내 품에 파고들었
다. 안기는 걸 몇 차례 받아주니 나중엔 밥도 먹지 않고 데려가 달라
는 듯 애절하게 매달렸다. 몸이 성치 않은 성묘 구조가 두렵기도 했지
만, 홀로 외롭게 지내며 병마와 싸우던 뇸이를 더는 외면할 수 없었다.

　몸이 아파서 유기된 걸까? 검진 결과 뇸이는 선천적으로 심장
이 약했고, 치은염과 건식 복막염까지 앓고 있어 각종 수치가 엉망
이었다. 몇 년 전만 해도 복막염이면 손도 못 쓰는 경우가 많았지만,
신약이 개발된 지금은 희망이 보였기에 어떻게든 살리고 싶었다.
그렇게 긴 치료와 임보가 시작됐다.

느닷없는 늄이의 등장에 우리 집 고양이들은 난리가 났다. 성큼 성큼 고양이 방에 들어간 늄이는 사방에서 들리는 하악질도 개의치 않고 코 뽀뽀를 시도하며 엄청난 목청으로 인사했다. 몸과 다리가 유난히 길어 '고양이계의 서장훈'으로 불릴 만큼 큰 덩치에다 다짜고짜 코를 부딪치며 "야옹!" 외치니 어느 고양이가 반기겠는가. 당연히 모두에게 퇴짜를 맞았다. 문득 예전에 늄이를 눈여겨보신 애니멀 커뮤니케이터 분의 말씀이 기억났다. "이 친구가 눈치가 좀 없어서 전에도 고양이들한테 따돌림당한 거 같네요" 하셨는데 마치 이 상황을 예견한 듯해 소름이 돋았다.

그때의 강렬한 첫인상 탓에 합사 4개월이 넘은 지금도 우리 고양들은 완벽히 마음을 열지 못한다. 특히 감자는 유독 늄이를 못마땅해했다. 늄이가 아직 중성화되지 않은 수컷 고양이라 서열이 바뀔까 봐 위기를 느끼는 듯했다. 정작 늄이는 친하게 지내자며 들이대는 중인데….

임보 4개월 차, 다행히 신약이 늄이에게 맞는지 엉망이던 수치도 안정권에 접어들었고 3kg 후반이던 체중은 5kg를 넘었다. 아픈 주사도 천하태평 성격으로 참아주고, 늘 나와 눈을 맞추며 밤에는 같은 베개를 베고 자는 사랑둥이. 그런 늄이에게 오직 사랑만 받는 행복한 묘생을 선물해주고 싶다. 치료가 끝날 때까지 긴 임시 보호가 될 듯한데 그동안 여덟 고양이와도 잘 어울려 지내면 좋겠다. 눈치만 좀 없을 뿐 성품은 착하니 우리 아이들도 알아주리라 믿으며.

말괄'냥이' 삐삐

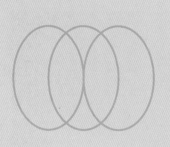

수많은 길고양이를 만나면서 자연스럽게 도움의 손길이 필요한 유기묘와 길고양이들에게 눈이 갔다. 구조한 고양이들을 보호하는 쉼터 사이트를 살펴보게 되고 동물보호소에 입소한 고양이들을 실시간으로 확인할 수 있는 애플리케이션을 하루에 몇 번씩 들여다보곤 한다. 교통사고를 당한 아이들, 주인에게 버려진 아이들, 주민의 신고로 영문도 모른 채 입소한 아이들, 젖을 떼지도 못한 핏덩이들, 봄철만 되면 아깽이 대란으로 보호소에 새끼 고양이들이 줄줄이 입소한다. 사연도, 나이도 가지각색이다.

시 보호소에 입소한 아이들은 10일의 공고 기간 동안 주인이 돌아오길, 임보자 혹은 입양자가 나타나길 기다린다. 그래야만 그곳에서 벗어날 수 있어서다. 공고 기간이 지나면 소유권이 시로 넘어가고, 길지 않은 유예기간이 주어지는 곳도 있지만 그마저도 지나면 결국 안락사가 진행된다. 그나마 새끼 고양이의 입양률은 높은 편이지만 아픈 고양이들, 공고 기간을 넘어선 성묘 고양이들은 차례대로 안락사를 맞이하고 만다. 참 안타까운 현실이다. 미국에서는 매년 11월을 성묘·성견 입양의 달로 지정하고 홍보에 힘쓴다는데 우리나라에서도 이런 좋은 취지의 활동이 생기길 바란다.

새끼 고양이 입양과 성묘 입양에는 각자 다른 장단점이 있다. 길고양이 시절 성묘로 입양한 다른 고양이들과 달리 디디, 도도, 삐삐는 새끼 때부터 키웠는데, 돌이켜보면 새끼 고양이 시절에는 한시도 눈을 뗄 수가 없었다. 화장실을 갈 때면 용변을 밟고 나오는 경우가 허다해서 뒤처리를 해줘야 했고, 지칠 줄 모르는 우다다와 이갈이 시기에 깨무는 습관 때문에 한동안 손이 남아나질 않았다. 미친 듯이 힘들었지만 미친 듯이 귀여웠고 추억이 된 그 시절. 인생에 단 한 번뿐인 어린 시절을 볼 수 있다는 점이 가장 큰 장점이다.

성묘의 경우 이미 성격이 형성되어 있어서 입양할 때 반려인의 성향과 맞는 고양이를 찾을 수 있다는 점, 대개 중성화 수술이 되어 있어 금전적인 부분에서 비교적 덜 부담된다는 점, 뭐든 똑 부러지게 스스로 잘하고, 힘들었던 시절을 함께 이겨나가며 좀 더 깊은 교감을 나눌 수 있다는 것이 큰 장점이다. 지나간 어린 시절 모습을 볼 수 없을 뿐, 앞으로 함께할 나날이 더 많을 테니 성묘들에게도 입양 기회가 많이 주어지길 바라고, 입양을 생각 중인 분들에게도 성묘 입양을 적극적으로 추천한다.

순간을 영원처럼

첫째 디디가 이제 여섯 살을 넘었고, 정확한 나이는 모르지만 디디와 비슷한 또래로 추정되는 구마 역시 그쯤으로 짐작한다. 몇 년이 지나면 곧 노후가 닥칠 테고, 우리 집은 다묘 가정인 데다 동년배가 많아서 한꺼번에 아프지 않을까 걱정되는 건 어쩔 수 없다.

지난겨울 여덟 아이들이 감기에 걸려 단체로 병원을 드나들 때 현실의 벽과 책임감을 다시 한 번 실감할 수 있었다. 지금 이 순간에만 충실할 게 아니라 아이들의 미래를 위한 대책이 필요했다. 고양이를 위해 꾸준히 넣던 적금도 있었지만 삐삐까지 가족이 되면서 여덟 고양이 앞으로 된 통장을 따로 만들었고, 월급의 30%를 다달이 넣고 있다. 얼마 전 적금 만기일이 도래했지만 여덟 아이를 생각하면 아직 턱없이 부족하게 느껴져서 꾸준히 적금을 이어가고 있다.

그리고 예기치 못할 상황을 위해 24시간 병원을 찾아두었고,

언젠가는 이별의 순간이 올 테니 동물 전문 장례식장도 두어 군데 알아두었다. 미루고 싶고, 알고 싶지 않지만 그때 가서는 제정신으로 할 수 없을 것 같아서 미리 알아둘 수밖에 없었다.

다가올 먼 미래를 생각하면 이 행복이 깨지진 않을까 가끔 무서운 생각이 들 때가 있다. 하지만 내가 책임져야 할 가족이고 내가 해야 할 일이기에 마음을 다잡는다. 둘에서 넷, 넷에서 일곱, 일곱에서 여덟까지. 이렇게 많은 고양이들을 사랑하게 될 거라는 걸 우리 가족 누구도 몰랐다. 나조차도 예상하지 못했으니까. 내 인생에 고양이는 디디와 도도만 있을 줄 알았다.

하지만 생각지도 못한 아이들이 내 삶에 몰아치듯 비집고 들어오면서 순식간에 다묘 가정이 되었다. 어렵게 이룬 가족인 만큼 지금의 행복이 더욱 소중하고 귀하게 느껴진다. 내 인생에서 가장 벅찬 이 순간이 영원할 수만 있다면 얼마나 좋을까?

하지만 영원한 건 없다는 걸 안다. 사람보다 네 배나 빠른 속도로 나이 먹는다는 고양이들과도 언젠가 이별할 날이 올 것이다. 그때가 언제 올 진 모르지만, 이것만은 약속할 수 있다. 매 순간이 마지막인 것처럼 후회 없이 사랑하겠다고.

사랑한다는 말보다
더 많이
너희를 사랑해.

아빠가 돌아가신 후, 나와 남동생을 위해 단 하루도 쉬지 않고 일하는 엄마를 보며 하루빨리 안정적인 환경을 갖추고 싶었다. 고등학교 졸업 후 내내 자격증 공부와 아르바이트를 병행했고, 자격증을 딴 뒤에는 10년 넘게 의료직에서 근무했다. 생활은 안정을 되찾았지만, 일과 돈에 얽매인 삶은 평범하고도 지루했다.

고양이를 몰랐던 시절엔 행복을 먼 곳에서 찾기만 했다. 손에 잡히지 않는 행복을 갈구하다 보니 늘 불행하다 느꼈다. 흔히 20대를 가장 찬란한 시절이라 말하지만, 내겐 인생에서 가장 어둡고 외로운 시기였다. 바로 그때 첫 고양이인 디디와 도도를 만났다.

단지 외로움을 해소하려고 반려동물을 입양해선 안 된다고 생각했다. 그런데 두 고양이와 함께 살기 시작하면서 작은 것에도 행복을 느꼈다. 예전에는 매일 아침 눈 뜨는 것도, 밤에 잠을 청하는 것도 힘들었는데, 세상이 하루아침에 달라진 것 같았다. 신기하게도 엄마와 남동생도 나와 비슷한 감정을 느꼈다고 했다. 길고양이 시절 밥을 주며 돌보던 구마와 감자를 집에 데려오면서 우리 가족의 행복은 배로 늘었다. 몇 달 후 동시 입양한 도, 레, 알감이에 이어 막내 삐삐까지, 고양이 가족은 어느덧 여덟이 되었다.

업무에 시달려 스트레스를 안고 집으로 오면 곧장 고양이 방으로 향한다. 앞발을 가지런히 모아 수달처럼 누운 디디, 애착 방석에 꾹꾹이를 하는 도도, 내 앞에 앉아 눈을 마주치며 골골거리는 구마, 배를 드러내며 발라당 드러눕는 감자, 내 다리에 머리를 콩 들이받으며 반가움을 표하는 도, 앙앙대며 꼬박꼬박 말대답하는 레, 내 발등을 핥는 알감이, 아기 천사처럼 쌕쌕 자는 삐삐…. 사랑하는 여덟 고양이를 보노라면 하루의 피로가 거짓말처럼 싹 가신다.

고양이를 키우면서 처음으로 다른 존재의 행복을 진심으로 빌게 되었다. 여덟 아이들이 고양이로서 행복한 삶을 살았다 느낄 만큼 사랑해 주고, 마지막 순간까지 책임감 있게 곁을 지키고 싶다. 내 고양이를 향한 애틋함이 커질수록 세상 모든 고양이들이 행복하길 비는 마음도 커졌다.

덕분에 새로운 꿈이 생겼다. 도움이 필요한 고양이들을 힘닿는 데까지 구조해 가족을 찾아주고, 행복한 묘생을 선물하는 일이다. 세상 모든 고양이를 구할 수는 없겠지만, 뒤늦게 깨달은 이 행복의 작은 일부라도 고양이들에게 되돌려줄 수 있을 테니까.

디도고감도레알삐 집사의
천방지축 막내 고양이 입양기

말괄'냥이' 삐삐

ⓒ2020. 박단비

초판 1쇄 인쇄 2020년 11월 6일
초판 1쇄 발행 2020년 11월 13일

글·사진	박단비
펴낸이	고경원
편집	고경원
디자인	131WATT

펴낸곳	야옹서가
출판등록	2017년 4월 3일(제2020-000107호)
주소	서울시 마포구 월드컵북로 400, 5층 23호
전화	070-4113-0909
팩스	02-6003-0295
이메일	catstory.kr@gmail.com

ISBN 979-11-91179-00-2 (03810)

이 도서의 국립중앙도서관 출판예정도서목록(CIP)은 서지정보유통지원시스템 홈페이지
(http://seoji.nl.go.kr)와 국가자료종합목록 구축시스템(http://kolis-net.nl.go.kr)에서
이용하실 수 있습니다. (CIP제어번호 : CIP2020041814)